野獣な御曹司社長に食べられちゃう⁉

小柄な若奥様は年上夫に
今夜も甘く溶かされています

★

ルネッタブックス

CONTENTS

Lunetta

第一章　この恋は結婚から始まる

「それでは、誓いのキスを」

天井も壁も参列席も、そのすべてが真っ白な空間で野々田唯愛《ののだゆあ》――あらため、星川《ほしかわ》唯愛は夫である太陽《たいよう》を見上げる。

この見上げるというのは比喩や大げさな表現ではなく、実際にぐんと顎を上げて首を反らす必要があった。

というのも、夫の太陽と妻の唯愛の身長差は、およそ三十五センチ。

一九〇に近い太陽と、平均身長より少々小柄な唯愛なので、並ぶと大人と子どものようなシルエットになってしまう。

――ほんとうに、わたしたち結婚したんだ。

見上げた先には、ベールが視界を覆っていた。

けれど、薄いレース越しにもわかるほどに、星川太陽は魅力的な男性である。

ただ長身なだけではなく、彼の体は衣服越しにもわかるほど筋肉質で引き締まっていた。

精悍《せいかん》な頬とくっきり美しい輪郭、肌は健康的に日焼けしていて三十二歳の実年齢よりかなり若く見える。

いつもはラフに上げている前髪を、今日は新郎らしくおしゃれなオールバックにセットしているのも雰囲気が違って目を奪われた。

こんなステキな人が自分の夫だなんて、まだぜんぜん実感が湧かない。

実際のところ、結婚式より数カ月前に婚姻届は提出しているのだけれど、ふたりはまだ一緒に暮らしていないのもあって、夫婦らしいことは何もしていなかった。

一歩、彼が近づいてくる。

式の流れは前もって説明されているので唯愛もわかっている。

このあとは、顔の前に下ろされたベールを太陽が上げてくれるのだ。

いわゆるベールを使った結婚式のイベントでは、母親が娘の顔にベールをかけるベールダウンを行い、夫となる新郎がそのベールを上げるベールアップをすることで、ふたりを隔てる壁を取り払って夫婦になるという意味合いがあった。

だが、唯愛は十五歳で母親を亡くしている。

今日、ベールを下ろしてくれたのはただひとりの肉親である父だ。

太陽との出会いは、彼が父の会社を助けてくれたことがきっかけだった。

大きな手が、少し不器用に唯愛のベールを上げていく。

ぎこちないけれど優しく丁寧な所作に、心臓が大きく高鳴った。

ベールを取り払われて視界がクリアになり、唯愛はあらためて太陽の顔をその目に映した。

いつもは仕事柄のせいか粗野な印象もあるけれど、彼はもともと整った顔立ちの男性である。

きれいに生え揃った眉と、かすかに目尻の下がった目が親しみを感じさせる。

笑うと線になる太陽の目が好きだ。

彼は、自分の美貌に頓着があまりないように見える。

くしゃくしゃになる笑顔が、大人なのにとてもかわいい人なのも知っていた。

だけど、今は真剣なまなざしでこちらを見つめてくれている。

太陽も唯愛と同じように、緊張しているのだろうか。

時間が停まった錯覚の中で、彼が静かに上半身をこちらに傾けてくる。

じわじわと、近づいてくる唇。

ああ、と唯愛は心の中で小さな感動を覚えていた。

この人と結婚するのだと決まってから、ふたりで指輪を選んだし、婚姻届も出した。

それでもまだ、どこかでこの結婚を現実だと思っていなかったのかもしれない。

——だけど、そうじゃない。わたしたちはほんとうに結婚したんだ。

ついに訪れるファーストキスの瞬間を前に、唯愛は婚姻の意味を実感する。

残り十センチを切ったとき、自然と目を閉じた。

彼のキスを待つ時間は、一瞬にも永遠にも感じる。

そして、太陽の唇が――唯愛の唇のぎりぎり外側に触れた。

――え？　星川さん、ズレてますよ？

と思ったけれど、言えるタイミングではない。

ファーストキスは、ファーストキス未遂へと変わる。

けれど、周囲からはきちんとキスしたように見えたらしい。

チャペルに広がる拍手の渦《うず》を耳に、唯愛はかすかに首を傾げた。

顔を上げた彼が、やわらかに微笑む。

その表情を見て、意味がわかった。

今のは、ズレたのではなくズラしたのだ。

どうして、とわずか一秒考えて、すぐに納得の感情が追いかけてくる。

――口にキスしなかったのは、もしかしたら星川さんなりの気遣いだったのかもしれない。

直接的に伝えたことはなかったけれど、唯愛には恋愛経験がない。

だからこそ、これがファーストキスになる予定だったのだ。

――わたしが慣れていないのを見越して、きっと星川さんは人前だと恥ずかしいかもって気を遣ってくれたんだ。

それが彼の本意かどうかはわからないが、これからふたりは夫婦になっていく。

もっと太陽を知りたいと唯愛は思った。

たくさん彼のことも知りたい。どういう考え方をする人なのか。

何を喜んで、何を悲しんで、何に怒るのか。

唯愛とふたりで、どういう人生を歩むことを考えているのか。

彼が自分に望むのは、どんなことなのか。

誰かを大切にするということは、その人を知ることから始まる。

そして、往々にして恋は相手を知りたいと思うところからスタートするという。

始まったばかりの夫婦という新しい人生を、唯愛は期待と希望に胸を膨《ふく》らませて受け止めていた。

・……|……・……|……・

野々田唯愛は、地元に根付いた祖父の代から続く小さな工務店の娘だ。

父の耕一《こういち》が野々田工務店を継いだのが、唯愛が生まれる一年前だったと聞いている。

別の建設会社で働いていた父は、祖父の急逝《きゅうせい》で母を連れて地元に戻り、野々田工務店をやることに決めたそうだ。

バブル期が終わって十年が過ぎ、右肩下がりの景気が続く中で唯愛は生まれた。

両親は家計が苦しくても唯愛を大事に育ててくれて、ひとり娘はすくすく素直に育った。

温厚な父と明るい母。

反抗期を無事に過ぎた十五歳の夏休み、突然の事故でその母が亡くなった。

残された父と唯愛は涙に暮れたけれど、泣いてばかりいたら母が心配して成仏できないかもしれない。

ふたりは、母が作ってくれたカレーを再現し、母のつけ直してくれた結び目の大きなボタンを懐かしがり、母がいたころのように季節のイベントを続けて、母の不在を認識すると同時に母を感じて暮らしてきたのだ。

父とふたりで生きる日々は、静かで少しの寂しさが伴う。

母の思い出をやわらかになぞって、唯愛が大学三年になったとき、野々田工務店は大きな借金を抱えていた。

折しも不況《ふきょう》のさなか、たまった未払いを処理しきれずに気づけば工務店は倒産を余儀なくされたのである。

「唯愛、ごめんな。お父さん、店をたたむことになるかもしれない」

そう言われて、唯愛は自分がのんきに大学に通っていられる身分ではないと感じた。

祖父の遺した店をつぶすのは、父もひどくつらいのだ。

「わたしも大学を辞《や》めて働くよ」

「そんなことはしなくていい。学資保険もあるんだ。それに、お母さんの遺してくれた保険金もある」

「でも……」

「唯愛、いいかい。お父さんが工務店をたたんでも、唯愛はそれと別に生きていかないといけないんだ。だから、きみは大学を辞める必要はない。なんとしても、ちゃんと大学を卒業させてやりたいんだ」

何度言っても、父は考えを変えてくれなかった。

同時に、唯愛も言葉にしなかったものの大学を中退する決意をしていた。

両親が唯愛に望んでくれたと知っていても、それは大学を卒業して学士を取得することではないと知っている。

父と母は、唯愛が幸せに生きていくことを願ってくれているのだ。

だとしたら、大学卒業が必須なわけではない。

——わたしの幸せのためには、お父さんも幸せでいてくれないと！

大学を辞めて、自分が稼げる仕事を探す。

少なくとも父が心配するような仕事ではダメだ。

理想をいうならば正社員だが、あまり多くは望むまい。

しかし本気で仕事を探そうとしたときに、突如救世主が現れたのだ。

「星川建設さんが、融資《ゆうし》してくれることになったんだよ」

父がそう言い出したときには、騙されているのではないかと心配したのを覚えている。

実際に、星川建設の社長が協力してくれたことで野々田工務店は継続できることになった。

もともと、その社名は何度か聞いたことがあったけれど、大手建設会社が地方の小さな工務店に融資する理由がわからない。

何はさておき、父の仕事が建て直されたのはめでたいことである。

唯愛も大学に通いつづけられ、平穏な生活が戻ってきた。

家業が傾く以前よりも、仕事がたくさん入ってくるようになったほどだ。

父もいきいきと仕事をしているのを見て安心し、夕飯のおかずを一品増やすようになった。

「そういえば、昨日、星川社長がね」

食事の席では、星川建設の社長の話が頻繁《ひんぱん》に出る。

「こういうことがあって、また新しい仕事に関われることになったんだよ」

「そんなに仕事を増やして、お父さん大丈夫？」

「何言ってるんだ。唯愛が独り立ちするまでは、お父さんが支えてやらないとな」

それより、と父が続けた。

「父さんは、唯愛があんな人と結婚したら安心だけどね」

もちろん父だって本気で言っているわけではないのはわかる。

――でも、社長さんってけっこうご年配の方でしょ？　お父さん、わたしをそういう人と結婚させてほんとうに安心かな？

もしかしたら、父よりも年上の可能性までありそうだ。

だとしたら、結婚したところで唯愛はひとり残されてしまうかもしれない。

その点を考えると、やはり父が星川建設の社長を唯愛に勧める理由はわからなかった。

「うっ……！」

食事中の父が、突然脇腹を押さえる。

「お父さん？」

「いや、なんでもない。最近、よく脇腹が痛むんだ。運動不足かな」

先日も、脇腹が攣って治らないと言っていた。

「お父さん、病院に行ったほうがいいんじゃない？」

「ああ、そうだな。少し仕事が落ち着いたら行ってくるよ。まあ、その前に治まるかもしれないし」

「うん……」

「唯愛は、バイトを変えたんだっけ。家庭教師って、大変じゃないのか？」

話題が変わり、唯愛はまだ父の体調を気にしながら漬物を口に運ぶ。

「大変だけど、楽しいよ。小学生の姉妹に一緒に教えてるの」

「小学校から家庭教師か！　今の子どもは苦労してるんだな」

「あ、でも中学受験のためとかじゃないの。十歳と八歳のふたりで、学校の宿題をやるのがメインかな。一応、ほかにもテキストがあるんだけど——」

新しいバイト先の話をしているうちに、食事は終わった。

——お父さん、最近食欲も減ってる気がする。

食器を片付けて、炊飯器に残ったごはんを確認すると、以前よりも格段に余剰《よじょう》がある。

もちろん父も若くはないのだから、食べる量が減っていくのは当たり前だ。

でももし、父が病気だったら。

そう考えただけで、首のうしろがすうっと冷たくなった。

想像するだけで怖くなる。

——こういうことを、お父さんは心配しているんだ。

唯愛がひとりになってしまうことを懸念《けねん》しているから、ありもしない結婚のことなんて口に出すのだろう。

唯愛はひとり娘で、両親ともにきょうだいがいなかった。

父方も母方も、祖父母はすでに鬼籍に入っている。

つまり、父がいなくなったら唯愛には肉親と呼べる人がいなくなってしまう。

友人はいる。

特に多くもないけれど、特筆して少ないというわけでもないと思う。

――だけど、友だちになんでも話せるわけじゃない。
唯愛がほんとうに頼れる人を失うことを、父は心配している。
そして、いつかかならずその日は訪れる。
この世に永遠は存在しない。
母が亡くなっているからこそ、唯愛は身近な人の死を知っている。
あのときは、父がいたからふたりで乗り越えることができた。
毎日少しずつ、ほんとうに少しずつ、顔を上げた。
もし、次に大切な人を喪《うしな》うとき、唯愛がひとりだったら――
「……やめよう。こんなことを考えるの」
炊飯器の残ったごはんをラップに包んで冷凍する。
内釜を洗って米を研ぎ、明日の食事の下準備を終えて、唯愛は自分の部屋に戻った。
考えないようにすればするほど、悲しい予感は胸に巣食う。
それは、時限装置つきの種子に思えた。
今は、ただの黒い小さな粒にしか見えないのに、存在するだけでひどく不吉な存在。
けれど、誰もがかならずそれをひと粒、手のひらに握って生まれてくる。
いつ芽吹くのかは、神さまにしかわからない。
水と太陽を糧《かて》にするのではなく、人の命を吸って咲く赤い、赤い花。

考えるほど寒気がする。

唯愛は、自分を両腕で抱きしめて小さく頭を振った。

目の前の幸せを、大切にしよう。

それを失う日に怯えるよりも、今やるべきことはたくさんあるのだから――

なんにせよ、野々田家を救ってくれたのは父の口の端にのぼる星川社長のおかげだということを唯愛もわかっていた。

顔も知らない社長への感謝の気持ちは持っている。

その人のおかげで、父と自分は路頭に迷うこともなく、それどころか唯愛は今もふつうに大学生を続けていられるのだ。

ある日、家庭教師のバイトを終えて生徒である姉妹と一緒に勉強のあとのおやつを食べていたときのこと。

姉妹は将来の夢を語ってくれた。

「あのねあのね、モデルになって外国のショーでかっこよく歩くの。それで、たくさん写真を撮ってもらって、ステキなお洋服をいーっぱい着られるの」

妹のほうが、そう言って唯愛の前でぴょんぴょん跳びはねる。

「モデルさん、似合いそうだね」

手足がすらりと長い子なので、モデルというのもなんだか納得できる。

それどころか、今でもジュニアモデルをやっていてもおかしくないと唯愛は思った。

「わたしは社長!」

今度は姉が右手をばっと上げた。

「社長?」

「そう。社長になって、自家用ジェットで海外までぴゅーんって行っちゃうの。あとは、マンションの最上階に住んで、ハウスキーパーを雇うんだ!」

「すごい。なんの会社かな?」

「えーっとねー」

唯愛が最近よく聞くのは、星川建設の社長の話題だ。

父の仕事柄、ほかにも名前を聞いた社長はいると思うのだが、今年いちばん耳にするのは間違いなく星川社長だと思う。

だから、社長と聞いた瞬間にその人のことを思い出した。

いや、思い出したというには星川社長の姿を見たこともないので、あくまで唯愛の脳内イメージを思い出しただけだ。

自家用ジェットやマンションの最上階に住んでいるかは知らないけれど、ハウスキーパーは雇っているかもしれない。

――それに建設会社の社長さんなら、きっと住むところにはこだわりがあるんじゃないかな。

「えー、ずるい。わたしも社長がいい」

「じゃあ、ふたりで社長になろうよ」

「うん！　なる！」

姉妹の微笑ましい会話を耳に、唯愛は自然と笑顔になる。

家庭教師のバイトは好きだ。

勉強を教えるだけではなく、子どもたちから元気をもらっている。

「先生は、何になりたいの？」

「え、先生はもう先生になってるんでしょ？」

「違うよ。だって先生は大学生だから、卒業したら大人になるんだよ」

「うーん、そうだね。先生は……何になりたいのかなあ……」

幼いころは、たくさん憧れの職業があった。

看護師や教師、料理研究家にパティシエ、動物園の飼育員にも憧れていた。

けれど今は、地に足がついてしまう。

純粋な夢を職業に選ぶのは、とても難しい。

おそらく会社員になるのが今現在の現実的な目標なのだが、それを将来の夢として語るのはあまりに夢のない話だった。

「あ、そうだ。子どものころは、お母さんになりたかったよ」

「おかあさん？」

亡き母とふたりでキッチンに立っていた、小さなころ。

食器を洗うお手伝いをするのに、まだ補助台が必要だった時期の話だ。

唯愛はお母さんになりたいとよく言った。

「そしたら、先生のおうちの子になる！」

「ずるい！　わたしも！」

「あはは、そしたらふたりのお父さんとお母さんが悲しむよ？」

「えー、それはやだー」

無邪気な会話を楽しんで、いつもより少し遅い時間にバイト先の家をあとにする。

将来の夢、将来の唯愛。

子どものころに思い描いた大人の年齢に差し掛かりながら、二十歳を過ぎた唯愛はあのころ想像した自分とは、ほど遠い日々を生きている。

――でも、まだ大学生なんだから仕方ないかな。それに、いちばん大きな目標は幸せになることだから！

あまり強い執着を持つ性格はしていなかった。

その性格によるものなのか、唯愛は今いる場所に不満を感じることが少ない。

友人たちはたまに、「ここはわたしのいるべき場所じゃない」「もっと自分らしくいられるどこかを探してる」という話をする。

ここではないどこか。

おそらく、そういうものに対する憧れが自分にはあまりないのだ。

——ううん。憧れていないというより、今が幸せなんだと思う。

幸せな唯愛は、地元駅から自宅に歩いて帰る途中、肉屋で揚げたてのコロッケを四個買った。

昔からある店で、母はよく、

「おうちで揚げるコロッケとは違うのよね。お肉屋さんのコロッケって、絶品なんだもの」

そう言ってはコロッケを買って帰った。

今夜はキャベツをたっぷりせん切りにして、コロッケを食べよう。

足取りも軽く自宅に着くと、一階の店舗は誰もいなかった。

「お父さん？」

二階にいるのだろうか。

階段を上っていくと、人の気配が感じられる。

野々田家は店舗の上が自宅部分になっていて、玄関も階段を上がった先にあった。

靴を脱いだ唯愛は、「ただいまー」とリビングのドアを開ける。

そこには——

「……っ、な、何……!?」

異様に背の高い男性が、包丁を右手に握ってこちらに振り返った。

殺される。

反射的にそう思う。

逃げなければと体が叫んだけれど、リビングのソファに父が横たわっているのが見えた。

状況はさっぱりわからない。

この男が強盗で、父に乱暴を働いたのかもしれない。

だが、我が家には盗まれるようなお金はないはずだ。

金品を求めて押し入って、何もないから腹いせに乱暴をはたらくなんてことがあるのだろうか。

何より、犯人の顔を見た唯愛をあの包丁で殺す気なのかもしれない。

だとしたら、そもそも父に害をなすつもりで刃物を握っていたのか……？

「ち、父に何する気ですかッ！　離れてください！」

大事な家族を放って逃げるなんて、考えもしなかった。

それどころか、唯愛はソファの前に駆けていき、横たわる父の前に立ちはだかる。

「何って、今、リンゴを――」

「警察、警察を呼びます！」

「あん？」

バッグからスマホを取り出した。

指先が震えていて、スマホを握るのもままならない。

足元にバッグが落ちて、財布やハンカチが床に散らばる。

警察は、何番だったろう。

一一〇番？　一一九番？

「ちょっと待て。俺は」

「ち、近づかないでッ！」

こちらに一歩、長身の男の長い脚が歩を進めてくる。

まだ届かない距離のはず。

そう思ったのは、唯愛の体格での話だった。

「いや、警察は待てよ。話を聞いてくれ」

「ヒッ……」

相手にとっては、ふたりの距離はほんの少し腕を伸ばすだけで届く範囲内だったのである。

唯愛の手からスマホがいともたやすく奪われた。

——こ、殺される。お父さんもわたしも、この人に殺されるんだ。

そんなことにはさせない。

スマホを取り返すより、大声で叫ぶほうが早いはず。

すう、と息を吸って喉を開こうとした瞬間。

「野々田さんのお嬢さんだよな。えーと、唯愛、さん？」

強盗が、唯愛の名前を口にした。

「え……？」

父の知り合いなのだろうか。

だからといって、この男が悪事をはたらかないと決まったわけではない。

古い家屋の天井に届きそうなほどの長身は、小柄な唯愛からするとそれだけで少し恐ろしい。

「何もしないから落ち着いてくれよ。あー、いや、俺が悪いか。包丁なんか持ってるからな」

そう言って、男はテーブルの上に包丁と唯愛のスマホを置いた。

まるで「何もしない」とアピールするように、両手のひらをこちらに向けてくる。

「俺は打ち合わせにきてただけだ。きみのお父さんの仕事相手。わかるな？」

「………」

素直にうなずけないけれど、とりあえず殴りかかってくる様子はない。

「打ち合わせが終わって、野々田さんが上で食事でもしていかないかと言ってくれた。それで、まあずうずうしく上がり込んだ。そうしたら、野々田さんが脇腹を押さえてうずくまったから、ソファに寝かせたんだ」

父が最近、体調を崩《くず》しているのは知っていた。

よく脇腹が痛いと言うのも、そのとおり。

「だ、だったら、どうして包丁を……」

「リンゴだよ」

彼は先ほども、リンゴと言っていた。

「具合悪いときは、リンゴだろ？　ちょうどそこにあったから、剥いてやろうと思ったんだ。勝手に台所にさわって悪かった」

テーブルの上の長年使い込んだ果物かごには、もらいもののリンゴがふたつ。

強盗――ではなく、父の仕事相手だという男性の話は辻褄《つじつま》が合っていた。

だからといって、証拠もなく信じるには奇妙な事態である。

せめて父が証言してくれればいいのだが、まだぐったりして目を閉じたままだ。

「あの、何か証拠を見せてもらえませんか？　父の仕事相手だという……」

「ああ。今、名刺を出すから」

彼はスーツの上に、作業着のようなジャンパーを着ている。

長身なのは最初からわかっていたが、よく見ると中のスーツやネクタイは、かなりの高級品らしかった。

どう考えても、町の小さな工務店に強盗に入るような服装ではない。

ジャンパーの左胸には、どこかの会社のロゴが入っている。

――あれ？　あのロゴってもしかして……

内ポケットから名刺入れを取り出すと、彼はこちらに見えるように一枚の名刺を突き出してきた。

そこに書かれていたのは『星川建設　社長　星川太陽』という文字で。

「えっ……！　あ、あの、星川社長……!?」

いつも、父から聞いていた名前ではないか。

「お父さんから、名前を聞いたことあるか？」

「あります。うちを助けてくれた、星川建設の」

「助けたってほどじゃないけどな。まあ、お父さんにはお世話になってるよ」

つまり、この人はほんとうに善意で父のためにリンゴを剥こうとしてくれていたのだ。

運悪くそのタイミングで帰宅した自分が、恩人である彼を強盗と勘違いして――

「すみませんでしたっ！」

唯愛は勢いよく頭を下げる。

――どうしよう。わたしのせいで、星川社長がお父さんとの仕事を取りやめたら……！

「いや、こっちこそ。驚かせて悪かった。そりゃそうだよな。帰宅したら父親が倒れていて、見知らぬデカい男が包丁握ってるんだ。怖くて当たり前だよ」

「いえ、あの、ほんとうにごめんなさい」

話に聞いていた星川社長が、こんなに若い男性だなんて思いもよらなかった。

顔を上げて確認すると、おそらくその人はまだ三十になるかどうか。

たしかに一九〇センチもありそうな長身ではあるけれど、顔立ちは優しげで強盗のイメージはどこにもない。

髪が茶色いのは日に焼けているせいだろうか。

それどころか、見れば見るほど顔の整った人物だ。

「それより、野々田さんはどこか体が悪いんじゃないか？　意識を失うほどの痛みだなんて、ちゃんと検査をしたほうがいい」

「わたしもそう思います。でも、なかなか病院に行ってくれなくて……」

「ああ。——家族としては心配だろうな」

そう言った彼の横顔はどこか寂しげで、同時に唯愛と同じ気持ちを知っているふうにも見えた。

ソファに近づき、目を閉じた父の肩に手を置く。

「お父さん、聞こえる？　お父さん」

唯愛が体を揺さぶると、父のまぶたがぴくりと動く。

「お父さん？」

「目を覚まさないようなら、救急車を呼んだほうがいいかもしれないな」

そのとおりだ。

先ほどは気が動転していて、警察と救急の番号すらわからなくなってしまったが、通報しなくてよかった。

「あっ、スマホ……」

手元から奪われたスマホを思い出した唯愛に、太陽が「ああ」と小さく声を漏らす。

「スマホを取り上げて悪かった。返すよ」

彼がテーブルのスマホをわたしてくれるのと、父が笑いながら起き上がるのはほぼ同時だった。

「お父さん⁉」

――目を覚まして、いきなり笑い出したの？

さすがに太陽も驚いた顔をして「野々田さん？」と、父に呼びかける。

「ああ、つい笑ってしまったな」

「ど、どういうこと？　起きてたの？」

ソファに座り直した父が、軽く頭を下げた。

「はは、いやー、すまんすまん。星川社長も申し訳ありません。ちょっと差し込みがひどくて。横になっていたら楽になったんですが、うちの娘が社長を強盗と勘違いするだなんて、ねえ。おもしろくて寝たふりをしてしまいました」

「起きてたなら、返事してよ……」

緊張が解けて、唯愛はその場にへたり込んでしまった。

強盗疑惑からの流れで、だいぶ不安が募《つの》っていたのである。

「起きてはいたんだよ。ただ、いつ声をかけていいのかわからなくなってしまってね」

「いつでも！　すぐに！　誤解をといてくれればよかったでしょ！」

「まあ、それはそうだな。悪かったよ」

体を起こしてソファに座った父は、だいぶ顔色もよくなっていた。

緊急性の高い病状ではなかったようで、ほっとする。

とはいえ悪いところがあるのなら、治療すればいいのだ。

病院には早めに検査に出向いてほしい。

「人が悪いな、野々田さんも」

「いや、星川社長が包丁を探しはじめたときは、私も少々面食らったんですよ」

「まあ、それもそうですよね。脇腹を押さえて倒れた人相手に、リンゴを剥こうってのは、自分でもおかしな話だと。熱とか風邪ならいざ知らず、病人の看病をしたことがないのがバレバレでした」

「ああ、そういう理由だったんですねえ」

「動揺していたんですよ」

太陽は怒った様子もなく、父と一緒になって笑いはじめる。

ひとり、唯愛だけがまだ腑に落ちない気持ちを抱えていた。

——でも、そういう理由でリンゴと包丁だったんだ。星川社長も、取り乱していたんだ。

「それで、野々田さん、体調は大丈夫なんですか？」

「ええ、最近ちょっと疲労がたまっていただけです。まったく、歳には勝てませんね」

「倒れるほどの痛みってんなら、それは加齢だけが理由じゃないですよ。病院に行ったほうがいい」

「行こう行こうとは思ってるんですけどね。なかなか」

「娘さんに心配かけたらいけません。とにかく無事でよかった」

「ほんとうに、ご迷惑をおかけしました」

立ち上がった父が、太陽に頭を下げる。

先ほどから、親子そろって謝罪してばかりだ。

——お父さんは、寝たふりをしていたんだから謝って当然だけど！

自分だって、父を介抱してくれた相手を強盗と決めつけた。

やはり、親子どちらも謝る必要があった。

「ところで、よければリンゴでも剥きますので、座ってください」

包丁を受け取って、リンゴを手にキッチンへ向かう。

「それとも、お夕飯にしますか？　たいしたものはありませんけど、ご一緒に」

「いや、お気になさらず。このあとも仕事があるんで、これで失礼しますよ」

「え、でも」

「そうですよ、星川社長。軽く、何か召し上がっていってください。今日は、昼も食べていないとおっしゃっていたじゃありませんか」

この大きな体で昼食も抜きだったとは、空腹でないとは考えにくい。

――お仕事があるなら、何かおにぎりとか持たせてあげたらいいのかな。

「すぐ、何か準備しましょうか。おにぎりとか、サンドイッチとか」

「どうぞ気にしないでください」

太陽はスマホを手に、何か操作をしている。

仕事の連絡かもしれない。

「よし、これでいい。野々田さん、鰻《うなぎ》はお好きでしたよね」

「はあ、そりゃ好きですが……」

あまりに唐突な鰻の話題に、父が当惑したのがわかった。

「注文しておきましたので、あと三十分ほどで到着します。お見舞い代わりということで、よかったらお嬢さんと食べてください」

「「ええっ⁉」」

父と唯愛の声が重なった。

仕事の用事でスマホを見ていると思っていたが、太陽は出前アプリで鰻を注文してくれていたのだ。

「疲労がたまっているときは、鰻です。しっかり食べて、英気を養って、次の仕事もよろしく頼みますよ、野々田さん」

「そんな、こちらのほうがいつもお世話になっているのに」

「何言ってるんですか。野々田さんの経験と知識に、俺がどれだけ助けられているか。――ああ、そろそろ時間なので、失礼します。もう注文してしまったんですから、遠慮なく食べてくださいよ！」

「……では、お言葉に甘えてごちそうになります。何から何まで、ほんとうにありがとうございます」

父が深々と頭を下げる。

太陽は「いいえ、気になさらず」と言って床に落ちたコロッケの袋を持ち上げた。

「あっ、コロッケ！」

すっかり忘れていたけれど、コロッケを買ってきていた。

「へえ、コロッケか。まだ温かい」

袋を手にした太陽が、興味深そうにコロッケの温度をたしかめる。

「近所のお肉屋さんのコロッケなんです。地元では人気があって……」

鰻を注文してくれた相手に差し出すものではないかもしれない。

わかっていたけれど、口が先に動いていた。

「あの、もしよろしければ持っていってください」

「いいんですか？」

「はい、普通のコロッケですけど、お腹の足しにはなると思います！」

唯愛の言葉に、彼は大きくうなずく。

「ありがとう。肉屋のコロッケ、しかも揚げたてだなんてご馳走だ。喜んでいただきます」

大きな建設会社の社長を務める彼が、ごく庶民的なコロッケをこんなに嬉しそうに受け取ってくれるなんて考えもしなかった。

「野々田さん、いただいちゃってすいません」

「いえいえ、こちらこそ鰻をとっていただいてるんですから。コロッケじゃつり合いませんよ」

出ていこうとする太陽に、唯愛は鰻のお礼と強盗と間違えたことのお詫びを伝えてから、おずおずと口を開く。

「食事の時間もないのは、お体が心配です。もし、近所でお仕事をしていてお腹が減ったら、いつでも訪ねてくださいね」

その言葉に、彼は一瞬驚いたように目を瞠《みは》った。

次の瞬間には優しく微笑まれ、心臓が大きく跳ね上がる。

こんなに魅力的な男性を強盗と勘違いするだなんて、疲れているのは唯愛のほうかもしれない。

「心配してくれてありがとう。じゃあ、今度は空腹のときにお邪魔します。野々田さん、また来週にでも資料を持ってきますよ」

「星川社長、今日はほんとうに申し訳ありませんでした」

「いやいや、こちらこそ。お嬢さんを驚かせてしまって申し訳ない」

父が見送りに階段を下りていく。

——あの人が、星川社長……？

ふたりが話す声が、まだリビングまで聞こえてきていた。

「それより病院ですよ。一度検査を受けたほうがいいです」

「ええ、ほんとうですね。なるべく早く——」

「絶対ですよ？」

「まいったな。娘だけじゃなく、星川社長にまで言われたら、行かないわけにはいきませんね」

「お嬢さん、心配してましたから」

——すごく心のある社長さんなんだ。若いのにすごいなあ。

あの年齢で社長というのも驚きだが、こまやかな気遣いにいっそうなるほどと思う。

実力があるだけではなく、相手を慮《おもんぱか》ることのできる人。

なのに肉屋のコロッケを喜んでもらっていくところは、庶民的な面もあった。

不思議な魅力のある人物なのは間違いない。

玄関に立ち尽くしたまま、唯愛は星川太陽のことばかり考えている。

それにしても、突然の鰻だ。

夕飯が、誕生日でもないのに豪勢になる。

――次に会ったら、あらためてお礼を言おう。

その日の夜は、父とふたりでうな重に舌鼓を打った。

父は大盛りを豪快に食べきって、体調不良なんて気のせいだと笑っていた。

唯愛もそれを信じたい気持ちだったが、やはり病院には行ってほしい。

「わかってるよ。来週、病院に行く」

「絶対ね」

「ああ、星川社長にも言われてるからな」

太陽の名前が出ると、箸を持つ手が思わず止まる。

「そういえば、星川社長はいい男だったろ？」

「それはそう、だね」

「どうだ。結婚したくなったか？」

冗談まじりの声に、気恥ずかしさを隠すため、唯愛は眉根をぎゅっと寄せた。

「あのね、あんなにステキな人はきっとつきあってる人がいるよ。いなかったとしても、わたしなんて相手にしないからね？」

「なんだ、今までとずいぶん反応が違うじゃないか」

「そ、それは別に……」

父と同年代の人物を想像していたときと、当人と会ったあとでは態度が変わるのも当然の話だ。

――だけど、どう考えても結婚相手に困りそうな人じゃない。

それに、太陽が魅力的な男性だからといって、それだけで結婚したいと思えるほど唯愛も人生を甘くとらえてはいなかった。

「あんまりそんなことばかり言ってると、星川社長との仕事がなくなっても知らないからね！」

「はは、まいったな。そのとおりだ」

食べ終えた器を、父が台所に運んでいく。

母が亡くなった直後は、しばらく父が料理をしてくれた。

お世辞にもおいしいとは言えなかったけれど、父なりにがんばってくれていたのを知っている。

そういえば、ふたりになってから出前を取ることはほとんどなかった。

――お母さんが生きていたら、星川社長を見てなんて言ったかな。

「病院、一緒に行こうか？」

放っておいたら、父は検査に行かないかもしれない。

「娘にそこまで心配されるとは情けない父親だ。大丈夫、ちゃんと行くさ」

「うん」

絶対ね、と心の中でつけ加える。

「それにしても、鰻なんて久しぶりに食べた。どのくらいぶりだろうなあ」

ソファに腰を下ろした父が、鰻の味を反芻するように目を閉じた。

言われてみれば、野々田家の食卓に鰻がのぼることはあまりない。

母の生前は、年に二回くらい食べていたような記憶もある。

だが、それもだんだん曖昧になっていく。

人はすべての記憶を覚えていることができない。

少しずつ忘れて、生きていく。

忘却は、人間に与えられた生きるための力なのかもしれない。

悲しい思い出を忘れると、それに付随した幸せな思い出も薄まってしまう。

——でも、しばらくは鰻の味は忘れない！　おいしかったなあ。

基本的に唯愛は楽天的な性格だ。

おいしいものはおいしいし、おいしいと幸せになる。

——もしかしたら、星川社長もおいしいものを食べると元気になるって知ってるのかもしれない。

あれだけ長身でしっかりとした体つきをしているからには、きっとたくさん食べる男性だ。

もしほんとうに機会があって、野々田家で食事をするときがあったなら、母譲りのスタミナ生姜焼きを振る舞おう。

考えるだけで、なんだか楽しい気持ちになる。

父から聞いていた星川社長は、その日からただの記号ではなくひとりの人間として唯愛の記憶に登場することになった。

・・・・・━・・・・・・・・・・━・・・・・

あれから、父の工務店は無事に業績を盛り返している。

星川建設のおかげだということは、唯愛にもわかっていた。

子どものころから、現場に出る職人と接する機会が多く、彼らに遊んでもらうことも多かった。

——星川社長は、現場の雰囲気がある人。社長っぽくないっていう意味じゃないんだけど……

彼の日焼けした肌と、たくましい体つきがそう感じさせるのかもしれない。

あるいは、豪快な笑い方や小さなことを気にしないおおらかさも関係している気がした。

なんにせよ、唯愛は星川太陽のことばかり考えてしまう。

大学四年になって就活が始まると、思わず星川建設を受けようかと思ったほどだ。

だが、あれほどの大会社に自分が受かるとは思えない。

——まずは、できることからコツコツと!

唯愛の選んだ先は、基本的に転勤のない企業ばかりだった。

昨年、体調を崩していた父はいくつかの病院で検査をした結果、完治の難しい病気が見つかっていた。

父ひとり子ひとりの家族なのだ。

いざというときに、東京から遠く離れた場所にいたら、駆けつけられないかもしれない。

——ううん、お父さんはきっと長生きできる。今だって、薬が合って進行をうまく止められているって聞いているし。今は無理でも、薬で進行を遅らせている間に有効な治療方法が見つかるかもしれない！

就活生の選ぶ職場というものは、有名企業だけに集中するものではない。

唯愛のように都内から離れたくない者もいれば、小規模ながらも安定した業績の企業を選ぶ者もいる。

そういう意味では、大会社を受けていなくとも思った以上にライバルは多いものだ。

すでに大学四年の春を迎えて、卒論はほとんど書き上げたというのに、唯愛は内定がひとつも出ていないままだった。

——今日もダメだった。明日も、明後日もダメかもしれない……

不合格を突きつけられつづけると、人は自信を失っていく。

まして、もともと唯愛はあまり自分に自信のあるほうではない。

人より優れているところなんてぱっと思いつかず、長所と短所を書こうとすれば短所ばかりが思いついてしまう。

大学のキャリアセンターに通って、自分に向いてそうな仕事をじっくり選んだ。キャリアセンターのスタッフに相談もし、面接の練習だってゆうに十回はした。

それでも、まだ内定はもらえない。

——就活って大変だとは聞いていたけど、これほどなんだ。

友人の中には、すでに就職先が決まって海外旅行の予定を組んでいる子もいる。逆に、どうしても働きたい会社があるから、一年就職浪人を選ぶ子もいる。

——わたしは、どうなりたいんだろう。ただ就職したいってだけじゃ、ダメなのかな。もっと情熱がないと内定はもらえないのかなあ。

「ただいまー……」

しょんぼりしながら帰宅すると、工務店のほうから父が顔を出した。

「どうした、唯愛。背中が丸くなってるぞ」

この一年、通院での投薬治療をしてきたとはいえ、父の体はいくぶん細くなった。子どものころは、大きく感じた背中が今は小さく見える。

「背中だって丸くもなるよ。また今日もお祈りメールが来たんだから」

はあ、と大きくため息をついた。

「このご時世だからなあ。がんばってもなかなか結果は出ないか」

「うう、こんなんじゃどんどん姿勢が悪くなって、ますます身長が縮む……」

だが、病気の父に心配をかけたくはない。

あえてふざけて、小柄なことをネタにする。

笑っていないと、不安は一気に唯愛を呑み込んでしまいそうだった。

「そうだな。手のひらサイズになる前に決まるといいな」

「お父さん！　言い過ぎ！」

「自分で言ったんじゃないか」

「それはそうだけど、言い方があるの！」

手術をする選択肢がなかったわけではない。

ただ、手術をしても根治できる確率が低く、五年生存率も芳《かんば》しい数字ではなかった。

何より、ＱＯＬが下がる。

いろいろな理由があったけれど、何よりも父は唯愛をひとりにしたくないと思ってくれているのを知っていた。

手術をしてもしなくても、残された余命に大きな差がないのならば、と父は考えてくれたのだろう。

父は少しずつ、終活を始めている。工務店も引き継ぎを済ませてからたたむ予定だ。

就活中の唯愛と、終活中の父。

ふたりの生活は、痛い部分に手を触れないよう、愛情という膜で包まれていた。

入院治療をしてほしいと思ったこともある。

口に出して、その話をしたことも一度や二度ではない。

父が唯愛を想ってくれるのと同じように、唯愛だって父に長生きしてほしいと願っている。

だが、優しいけれど一度決めたことを覆さない父は、決して首を縦に振らなかった。

「無理して急ぐ必要はないさ。唯愛は昔から、ゆっくりした子どもだった。立つのも話しはじめるのも遅かったから、就職だって時間をかけて見つければいい」

「お父さん……」

「長く勤めることになるかもしれない会社なんだ。向こうに一方的に選ばせていると思わなくてもいいんだよ。唯愛のほうから、選んでやれ」

「あのね、かっこいいこと言ってる風だけど、こっちは先に選んでエントリーしてるんだからね？」

「ああ、そうか。そりゃそのとおり」

「もう」

わざと膨《ふく》れたふりをすると、父が「ごめんごめん」と笑う。

早くに内定がほしいのは、父に安心してほしいという気持ちも強かった。

この先、どれだけの時間が残されているのかは、誰にもわからない。

だからこそ、いち早く就職先を決めて、自由な時間を父と過ごしたいと思っていたのだが、世の中そう甘くはないらしい。

「はあ、落ち込んでも仕方ない。がんばる！」

「いいぞ、その意気だ」

優しい父は、遠からず唯愛のそばからいなくなることが決まっている。

そのことを嘆いた時期もあった。

夜のベッドで、枕に顔を埋めて声を殺して泣いた夜もあった。

父の顔を見るのがつらくて、目をそらしそうになるときもあった。

――だけど、そうじゃない。お父さんは病気だけど、前もってわかっているからこそ、お別れの心の準備をする時間も与えられている。それは、お父さん自身も、わたしも。

母は、突然の事故で亡くなった。

前ぶれなどなく、命は摘み取られる。

それを思えば、父の病は今すぐに命を落とす可能性は低い。

まだ時間はある。

自分の力で生きていけるよう、まず内定をもらうことだ。

つい涙ぐみそうになって、必死に心の中で自分を鼓舞する。

今できることを、今やるだけ。

――いちばんつらいのは、お父さんなんだから。

「さて、明日からまたがんばろうっと」

「応援してるぞ」

「お父さんの応援は、勇気になるからね！」

唯愛は、父に笑顔を向けてからキッチンへ向かう。

水仕事をする間に、にじんだ涙が乾くことを期待して。

・・・・・━・・・・・・・・・・━・・・・・

今までの人生で、唯愛は二回、受験を経験している。高校受験と大学受験だ。

どちらも学力試験で結果が出たし、第一志望に合格できたから、受験そのものに対してつらかった記憶はあまりない。

喉元過ぎれば熱さを忘れると言うけれど、成功したことは特にいい思い出になりがちだ。

――就職活動も、受験みたいなものだと思っていた時期があったけれど、それとはだいぶ違うんだなあ……

九月を迎え、友人の多くが就職先も決まってきていた。

それを聞くと焦る気持ちもあるし、心から祝福する気持ちもある。

ただし、自分にできることをやれるだけやろうと言い聞かせるのにも限界があった。

特に今日は、最終面接まで行った会社からの不採用メールが届いたので、楽観的な唯愛でもさすがに落ち込んでしまう。

最終で落ちるのは、これで四度目だ。

積極性に欠ける、とキャリアセンターでの面談でも言われている。

最終までいくポテンシャルはあるのだから、あとはもっと自分を売り込んで。

そう言われても、もともとの性格を変えるのは難しい。

自分から前に出ていく努力は、しているつもりだ。

けれど、足りない。

ほかの就活生は、きっともっと積極的なのだろう。

唯愛は、大きくため息をついた。

最寄り駅から家まで歩く足が重い。

――口角が下がる。元気な顔で帰らなきゃ。

父に落ち込んだ顔を見せたくないのに、どうしても今日は笑顔をじょうずに作れそうになかった。

気持ちを切り替えるため、地元の商店街で買い物をして帰る。

落ち込んだときほど、おいしいものを食べるんだよ、と生前に母が言っていた。

奮発して、今夜はすき焼きだ。

野々田家のすき焼きは、普段だと豚肉を使う。

けれど、今日は肉屋で買った牛ロース。

父からもらっている食費で買うのは忍びなく、自分のバイト代で肉を買った。

たまには父にごちそうしてあげるのもいい。

自分を励ますためだけにお金を使ったと思うより、父とふたりでおいしいものを食べるほうが気持ちが楽になる。

買い物を終えると、先ほどまでより少しだけ気持ちが軽くなった。

これなら、落ち込んだ顔を見せることなく済む。

「ただい……ま？」

途中で声を小さくしたのは、理由がある。

一階の工務店はまだ明かりがついていて、中に父ともうひとり——星川太陽の姿が見えたからだ。

彼を強盗と勘違いした日から一年が過ぎている。

あれから、何度か父との仕事で訪れた太陽と挨拶をかわした。

いつ会っても、大きくて健康的で、野性味と優しさの両方を感じさせる人物だ。

初めて会ったときはスーツの上に作業用のジャンパーを着ていたけれど、以降あまりネクタイを締めている姿は見かけない。

――あ、星川さん、今日はスーツだ。

工務店の外から覗いて、唯愛はひそかに心をときめかせる。

学生の唯愛からするとスーツは大人の象徴のようなものだ。

もともと、自分にとっていちばん身近な大人である父が、あまりスーツを着る職業ではないこともあって、男性のスーツ姿には特別感を覚えてしまう。

いや、そうではない。

唯愛だって、駅ですれ違う会社員たち全員を特別に思うのではなかった。

――星川さんだから、特別なのかもしれない。

長身の彼は、市販品のスーツで丈が足りるのだろうか。

そもそも気さくな人物だから忘れてしまいそうになるけれど、彼は名の知れた建設会社の社長なのだから、スーツはオーダー品ということもありうる。

もっと近くでスーツ姿を見たいけれど、仕事の邪魔をするわけにもいかない。

唯愛は野々田工務店の仕事にはまったく関わりがないし、ただの仕事相手の娘というだけの存在なのだから、わきまえなければ。

駐車場を回って、裏手から入る。

そうすると、店を通らなくても二階に上がる階段を使えるのだ。

——ふふ、声だけは少し聞こえるんだよね。

「いろいろとご迷惑をおかけして、申し訳ない」

父の声から、おそらく工務店をたたむにあたり、便宜をはかってもらっている件だろうと察しがついた。

店を閉める上で、星川建設が古くからの取引先の引き継ぎをしてくれると父から話は聞いている。

地元の個人のお客さまなど、修理がメインの単価が大きくない案件についても、太陽はすべて引き受けるという。

唯愛は建設会社のことをあまり知らないけれど、社長みずから現場に顔を出す太陽はきっといい社長だと想像していた。

彼の日焼けは、海好きと現場作業によるものだと本人から聞いたことがあった。

「何言ってるんですか。父親を早くに亡くした俺にとって、野々田さんは頼りになる存在です。工務店を閉めるからって、完全に引退なんてさせませんよ。引き継ぎしたお客さんについても、野々田さんに相談に来ますからね」

少しハスキーな太陽の声は、低いけれど抑揚がはっきりしていて明るい印象を与える。

父に気を遣わせまいとしてくれる彼の優しさが感じられて、階段に片足をかけた唯愛は鼻の奥がツンとするのを感じた。

「もちろん、いつでも声をかけてください。お手伝いできることがあるなら、なんでもしますよ」

「ありがとうございます。野々田さんの丁寧な仕事は、俺としても学ぶことが多いですから」

もしかしたら、父と太陽は規模こそ違えど同じ業界で仕事をする仲間として、互いを認めあっているのかもしれない。

――お父さん、そういう相手と出会えてよかったね。

「ああ、そういえば娘さん、就活の時期でしたっけ。今年も大変らしいですね」

ぎく、と背中がこわばる。

自分のことを覚えていて、気にかけてくれている。

それはありがたいけれど、内容が内容だ。

――今日も最終面接はダメでした。お祈りメールがたまっていきます……！

「そうなんですよ。がんばってはいるんですが、どうにも要領が悪いんですかね。いっそ、星川さんがもらってくれりゃ安泰《あんたい》なんですが」

――お父さん⁉

以前から父がその手の話題を唯愛に振ってくることはあったけれど、まさか太陽にも言っていたとは。

「ん、うちに就職しますか？　便宜をはかることはできると思いますけど」

あえて勘違いしたふりをしているのか、それともわかっていないのか。

――星川建設に就職って、それはとても助かりますけど！

冗談だとはわかっていても、つい心の中で内定がほしい気持ちが勝ってしまう。

そんな簡単な話ではないのだ。

そして、そう甘くないことも知っている。

「そうじゃなくてね。令和では言わないのかもしれませんが、いわゆる永久就職の話ですよ」

父にしては珍しく、妙に強く唯愛を勧めている。

太陽がどう思うか気にならないわけではないが、その言動が父の病《やまい》に由来するのがわかってつらくなった。

父は、そう遠くない未来に自分が死ぬことを覚悟しているのだ。

だから、唯愛を信頼できる相手に託したい。

――わたしが就職先すら決まらないせいで、あんなことを言わせてしまってるんだ。次の面接、もっとがんばらなきゃ。お父さんを安心させてあげるのが、何よりの親孝行だもの。

「そりゃ、あんな砂糖菓子みたいなかわいいお嬢さんと結婚なんて、俺だって嬉しいですよ」

ぐっとこぶしを握る唯愛の耳に、思いもよらない言葉が聞こえてきた。

――星川さん……!?

お世辞でも嬉しくなるのは、唯愛が彼に対してひそかな憧れを抱いているためである。

「でも、俺みたいなガサツな男のところに来たらかわいそうじゃないですか。まだ若いんだし、遊びたい時期に何を好きこのんで三十も過ぎた男と結婚するっていうんです」

心臓が早鐘を打つ。

彼は、唯愛と結婚するのを嫌がっていない。

もちろんこんなのただの与太話で、本気で話していないのはわかっている。

わかっていると言いながら、彼の言葉に真剣になってしまうのを止められない。

――星川さんはガサツなんかじゃないです。それに、わたしは星川さんと結婚したら、ぜんぜんかわいそうじゃない。むしろ、そうなったら……

考えるだけで、自分の鼓動が喉元までせり上がってくる。

「ま、冗談なのはわかっていますが――」

「ガサツなんてそんなことありません！　わたし、星川さんにならっ……っ！」

店舗につながるドアを、勢いよく開けた。

それを言ってしまったら、これまでとは違う歯車が回りはじめるかもしれない。

そのくらい、唯愛だってわかっていた。

わかっていたけれど、言わずにいられなかったのである。

「唯愛、なんだ、いつからいたんだ？」

「さっきからいたよ。話が聞こえて、盗み聞きするつもりはなかったんだけど、とにかく星川さんはガサツなんかじゃないし、もし星川さんと結婚したらわたしは絶対かわいそうなんかじゃないって言いたくて、あの、余計なことを言ってるかもしれないんですけど……」

勢いだけで口を挟んでしまったが、これはなかなかの蛮行だったと自分でもわかる。

今さら恥ずかしくなっても遅い。

言ってしまった言葉は、どうやっても取り消せないのだから。

ぎゅっとスカートの裾を握りしめて、唯愛はその場に立ち尽くしていた。

いたたまれない気持ちを払拭してくれたのは、太陽のひと言だ。

「えーと、そんなふうに言われたら俺は期待するんだけど。唯愛さんは、本気で言ってる？」

――期待って？　どういう期待をするの？

目を開けると、太陽が少し緊張した面持ちでこちらを見つめていた。

「ほ、本気です。嘘じゃないです」

「つまり、俺と結婚してもいいって意味だと思っていいのか？」

「っっ……、そ、そうです！」

口先だけのおべっかだと思われたくはない。

実際、彼は魅力的な男性だ。

相手を慮る心を持っている人だから、結婚相手を幸せにしようと尽くしてくれることまで想像できた。

――ほんとうに、その相手がわたしだったらいいのにな。

「……だったら、そうしようか」

「え？」

「結婚、って意味」

「！　あ、あの、えっと」

「いや、待て。えー、つまり、もし迷惑でないのなら俺と結婚を前提に――」

「します、結婚！」

――わたしが星川さんと結婚したら、お父さんも安心してくれる。お父さんにウエディングドレス姿を見てもらいたい！　それに、こんな機会は一生に一度あるかないかの奇跡だ！

お祈りメールで心を折られつづけたせいもあったのかもしれない。

あるいは、以前から太陽に対して抱いていたほのかな憧れのせいだったのかもしれない。

普段ならこんな短絡的な決断をするタイプではないのだが、唯愛は前のめりに人生をベットしていた。

ふは、と太陽がたまらないとばかりに笑う。

「プロポーズの前に返事をもらうとは思わなかったよ。じゃあ、そういうことでよろしくな」

「はい！」

ふたりのやりとりを見ていた父が、満面の笑みを浮かべていたのを唯愛は見逃さなかった。

季節が変わり、東京に冬の気配が訪れる。

十一月二十二日、ベタかもしれないと思いながらも夫婦の日に待ち合わせをした。

「それじゃ、行くか」

普段の仕事姿よりも髪を丁寧にセットした太陽が、見るからに高級なスーツで迎えてくれる。

何度見ても、不思議な気持ちになってしまう。

「はい、行きましょう」

――だって、こんな大人でステキな人が、わたしと結婚するなんて現実なの？

今日、ふたりは役所に婚姻届を提出する。

そのための待ち合わせだ。

「なあ、唯愛」

結婚の打ち合わせをしている間に、太陽は名前で呼んでくれるようになった。

「なんですか？」

見上げた彼の眉が、少しだけ困ったように下がっている。

「提出したら、あともどりできない」

わかっている。

太陽は、念を押してもう一度唯愛を見つめた。

「ほんとうにいいんだな？」

彼の目に映る自分が、好きだ。

鏡に映る姿よりも、優しい存在に感じられる。

あるいは、太陽のことをひそかに慕っているのが映り込んでいるのだろうか。

何も言わずにうなずくと、彼が小さく息を吐く。

——会社の社長で、わたしよりずっと大人で、きっと結婚相手なんて選び放題なのに、星川さんはわたしを気遣ってくれる。

「わたしは、星川さんと結婚できることを嬉しいって思ってるんです」

実際、彼と結婚の打ち合わせをしていた間、ずっと幸せだった。

ほのかな憧れが恋に変わるまで時間はかからなかったと思う。

気づいたときには、太陽をひとりの男性として好きになっていた。

同時に、彼への憧れの気持ちは今も続いている。

——この人と、夫婦になるんだ。

「あの、いろいろ至らないところもあると思います。でも、よろしくお願いします」

ぺこりと頭を下げると、

「っっ……、そう、か」

太陽が少し詰まった声で受け止めてくれる。

「唯愛は俺よりずっと腹が据わっているんだな」

「そうですか、ね？」

そのまま肯定するには、思わず首を傾げてしまう発言だった。

少なくとも、唯愛自身が自分を動揺しやすいタイプだと感じることが多い。

腹が据わっているだなんて言われるのは、初めてのことだ。

「ああ、覚悟が決まっていると言ったほうが正しいか」

「覚悟……。それなら、たしかに決まってます」

今度は大きくうなずいて、唯愛は笑顔で太陽を見上げた。

この人と結婚する。

決断に、時間はかからなかった。

その理由が、結婚を決めた時点で彼を好きだったから、だけではないと自分でもわかっている。

父に安心してほしいという気持ちが、いちばん強かったのは事実だ。

だが、それだけで相手が誰でも結婚に至るわけではない。

やはり、星川太陽だったからこそ決断できたのだと思う。

「元気な返事だ。それじゃ、覚悟のできたいい女と入籍しにいくか」

「い、いい女……かどうかは、わからないですけど……」

ばんっ、と大きな手が唯愛の背中を痛くない程度に叩いた。

「胸張ってろよ。俺の選んだ、いい女だ」

「……っ……！」

思わず顔が赤らんでしまう。

この人のことを好きだと感じているし、結婚する覚悟もできている。

——でも、星川さんにいい女なんて言ってもらえるとは思わなかった！

ふたりの間には、愛の言葉のようなものはまだ存在しない。

結婚したら、いつかお互いの気持ちが重なっていくのだろうか。

彼に愛してもらえる妻に、なれるのだろうか。

いつだって、未来に確実な約束は存在しない。

だからこそ不安になるときもあるし、自分や相手を信じられないこともある。

けれど、今の唯愛に心配ごとはなかった。

彼と結婚できることを、心から嬉しいと思っている。

太陽の両親はどちらも早逝しているため、彼にとって唯愛は唯一の親しい家族になるのだ。

きっと、そういう環境だからこそ太陽も唯愛のことを慮って結婚すると決めてくれたに違いない。

始まりはなんであれ、家族になる。

夫婦には、いろんなかたちがあっていい。

――星川さんのこと、幸せにしてあげたいな。わたしにできることをがんばろう！

大学を卒業するまでは、入籍後も今のまま父と暮らす予定になっている。

卒業後に、披露宴をしてから一緒に住むと決めていた。

――それまでの時間で、今よりもっと星川さんとの心の距離が近づけたらいいな。星川さんに、ちゃんと結婚相手として見てもらえるようになりたい。

その日、ふたりの婚姻届は受理された。

人生で初めて、姓が変わる。

太陽は唯愛の名前変更にまつわる手続きを、一緒に付き添って行ってくれた。

どこで手続きをすればいいのか、前もってリストアップはしていた。

だが、唯愛自身は社会的に自分がどう存在しているかなんて、考えたこともない。

具体的に自身を証明することのできるもの、身分を証明しないと登録できないものなどが、名前の変更手続きを必要としている。

社会人として生きる太陽は、その点で唯愛よりずっと知識も見識もある。

もとから彼のことを大人だと感じていたが、その相違を具体的に感じるのだ。

――もっと大人にならなくちゃ。星川さんの隣に並んでふさわしくなれるように。

大学だけは自分で学生課に申請を出した。

書類に『星川唯愛』と書くとき、心臓がどくんと大きく跳ねる。

彼が隣にいないときでも、ふたりは同じ姓を名乗って生きていく。

これが、結婚のひとつの側面なのだろう。

・・・・・|・・・・・・・・・|・・・・・・

そして、四月。

大学を卒業した唯愛は、就職をしなかった。

代わりに披露宴を挙げている。

「おめでとう、唯愛。母さんにも、唯愛のきれいな姿を見せてやりたかったたな」

「お父さん……」

目をわずかに涙で濡らし、父が唯愛に微笑みかけてきた。

つい先月まで一緒に大学に通っていた友人たちも参加してくれて、遠縁の親戚や、それこそ亡くなった母の縁者も駆けつけてくれた。

星川建設の社長である太陽の招待客が相当な人数だったので、父が気を遣って遠縁にまで声をかけてくれたのである。

それに応えるように、太陽は遠方の客人に対しては招待状にホテル予約をこちらで行う旨をきちんと書き記していた。

要は、宿泊費はこちらで持つと前もって告げたのだ。

さらに御車代までわたしているのだから、結婚式にはこれほどの資金準備が必要なのかと唯愛は目を瞠った。

「あのな、大事な娘さんと結婚させてもらうんだ。こっちがそのくらい支払うのは、別におかしなことじゃないんだよ。唯愛は、金じゃ買えない。金ってのは、金で買えないもののために使う。そのために働いてるんだからな」

披露宴の前、心配した唯愛に、太陽はそう笑っていた。

互いの生活水準の相違を気にかけていた唯愛にとって、彼の言葉は大きな支えになる。

裕福な暮らしをしている太陽が、お金を第一に考えていないのが伝わってきたからだ。

それより、唯愛を大切にしようとしてくれている気持ちが嬉しい。

とはいえ、彼の考えに甘えていてはいけないと自覚する部分もあった。

「だとしたら、わたしはお金ではない何かで星川さんにお返しをしないといけませんよね。あ、違う。お金でお返しをしなきゃいけない……？」

お金で買えない、星川太陽という存在と結婚させてもらうのは唯愛も同じである。

ならば彼が支払うのと同じように、自分も——と考えたものの、残念ながら唯愛にあるのは学生時代にバイトで貯めたささやかな貯金程度だ。

問題は金額ではないと思う。

しかし、彼の負担に対してあまりに差が大きいだろうか。

「ばーか」

「え？」

「なんで唯愛が金を払う必要があるんだよ」

「だ、だからそれは、わたしもお金で買えない星川さんと結婚させてもらうので！」

「は？」

太陽は心底驚いたように目を丸くした。

眉が上がって、少しだけ威圧感のある表情だ。

――わたし、何かおかしなことを言った？

「だってそうじゃないですか。男女平等です！」

「ああ、なるほど。そういうことな」

「？　はい、そういうこと、です」

ははっ、と息の多い笑い声を漏らして、彼が大きな手で唯愛の髪をくしゃくしゃと撫でた。

「ほ、星川さん？」

「ま、なんていうか、すでに俺たちは入籍している。唯愛は星川唯愛だろ」

うなずいた唯愛に、太陽が「よし」と目を覗き込んでくる。

「だとしたら、俺のものは唯愛のもの。だから、今回の出費はお互いのために支払った共有財産だと思えばいい」

「そ……そう、でしょうか……？」

さすがに、唯愛だって結婚前の財産は共有にならないと認識していた。

彼の言っていることに矛盾を感じつつも、絶対に違うと反論するほど大人の事情がわからない。

一般的に、彼の言うことが普通なのだろうか。

「そうなんだよ。疑ってる顔してんな。たとえほかの家や夫婦が違ったとしても、よそはよそ、うちはうち」

——んん？　つまり、これはほかの夫婦とは違うという……？

「そんなことより、そろそろ名前の呼び方はどうにかしないとな」

「あの、やっぱりわたしも星川さんに何かしたほうがいい気がするんですけど」

ふたりは同時に口を開く。

あえて話題を変えようとした太陽と、まだ同じ話題を続けようとする唯愛。

「一緒に住むようになってからも、唯愛は俺のことを星川さんって呼ぶのか？」

「……そ、それは」

——わたしも、考えてはいたんだけど！

九歳も年上の彼を、急に名前で呼ぶのは躊躇してしまう。

もちろん自分も星川姓を名乗っているのだから、いつまでも名字で呼び続けるわけにはいかない。

「今はまだ、旧姓で暮らしているので！　対外的にも星川唯愛を名乗るようになってから、変えます！」

「ふうん、じゃあ楽しみに待っておくか」

「楽しみ、ですか？」

「ああ。唯愛に、星川さんって呼んでもらえるのも残りわずかだからな。その間、堪能《たんのう》するよ」

テーブルに肘をつき、斜めに唯愛を見つめてくる彼は、自分の知らない大人の感情をその瞳に宿らせている。

ふたりの距離を無理に詰めるのではなく、それを強要するのでもなく。

太陽は、今の違和感すら楽しもうとする人だった。

——星川さんって、星川さんって……！

どうしようもなく胸が高鳴るのは、唯愛が恋愛初心者だからというのだけが理由ではないと思う。

星川太陽は、あまりに魅力的な男性だ。

「唯愛、唯愛、聞いてるか？」

「えっ、あ、うん！」

父と話している最中だというのに、唯愛はぼうっと太陽のことを思い出していた。

昔から、少々夢見がちなところのある娘を前に、父がしかたないなと言いたげな笑みを浮かべる。

「まったく、結婚しても唯愛は変わらない。困ったもんだ」

「結婚したからって、いきなり変わったらそっちのほうが心配でしょ？」

「それもそうだ。まだまだ、いつまでも心配させてくれ」

「え？」

父に心配をかけたくないというのが、結婚の理由のひとつだったのに。

なぜ、父は心配させてくれだなんて言うのだろう。

まさか、この結婚によって父の心労を増やしてしまったとでもいうのか。

「どんなに大きくなっても、親からすれば子どもは子どもだよ。たまに夫婦げんかして、実家に帰ってきたっていいんだからな？」

まだ、太陽とは一度もけんかをしたことがない。

——いつか、夫婦げんかをすることもあるの……かな……？

「お義父《とう》さん、けんかなんてしなくたって唯愛が家に帰るのは自由ですよ。だから、夫婦げんかの推奨なんてやめてください」

親子の会話に、太陽がすっと入り込んでくる。

以前は仕事相手として『野々田さん』と呼んでいた父のことを、彼はいつの段階からか自然と『お義父さん』に呼び替えていた。

「星川さん、このたびはほんとうにおめでとうございます」

「やめてください。俺のことはどうぞ、ほんとうの息子だと思って接してくださいとお願いしているじゃありませんか」

「いや、そうは言われても急にはなかなか。仕事の面でもお世話になりっぱなしですから」

「それとこれとは別の話です。あなたは、俺の妻の父親です。彼女と巡り会えたのも、お義父さんのおかげですからね」

「はは、そう言われるとなんとも」

軽く頭に手をやった父が、困ったように、けれど嬉しそうに目尻を下げている。

ひとり娘の唯愛をかわいがってくれていた父だが、息子ができるのを喜ばしく思ってくれているのかもしれない。

「そうだよ、お父さん。これからは、みんな家族なんだよ」

「ありがとう。唯愛もほし……太陽さんも、幸せな結婚式を見られて父さんはほんとうに嬉しいよ」

そこに母方の遠縁が声をかけてきて、新郎新婦に挨拶をする。

今までの人生で、これほど多くの人から祝福されたことなんてあっただろうか。

結婚式、披露宴というのは特別な日なのだとあらためて実感した。

――でも、誓いのキスはしてない。

ちらりと覗き見た夫は、穏やかな笑みを浮かべて招待客に応対している。

気遣ってくれたのだと思う気持ちと、どうして唇にしてくれなかったのかを確認したい気持ちが、胸の中でぐるぐると渦を巻いていた。

「唯愛」

帰り際の客人たちを見送りながら、こちらを見ずに太陽が名前を呼ぶ。

「は、はい」

「何か言いたいことがあるなら、ちゃんと言えよ?」

――バレてる!

気づかれないようにしていたつもりだったのに、顔に出ていたのかもしれない。

「あの、どうしてしなかったのかなって……」

「ん」

お色直しで黒のタキシードに着替えた太陽が、眩《まぶ》しいくらいにかっこいいせいでいっそう言いにくくなる。

こんなにステキな人が結婚してくれたのだ。

誓いのキスくらい、なんてことないと思えたらいいのに。

「ち、誓いの……」

「ああ。それでずっと、俺の口元ばかり見ていたのか」

思っていた以上に、唯愛の視線は正直だったようだ。

――そこまでバレてるだなんて、わたしのほうがキスしたがってたみたいじゃない！

実際、期待していた。

婚姻届を提出してからも、ふたりの間に夫婦らしい関係はなかったし、これからはほんとうの夫婦になれるのかもしれないと夢を見ていた。

そのための第一歩として、結婚式の誓いのキスはわかりやすい。

「いいんです。星川さんが、わたしのことを気遣ってくれているのはわかっていて、ただちょっと……」

「なあ、ほんとうにそう思うか？」

彼はゆっくりとこちらに顔を向ける。

日に焼けた肌と、少し茶色い髪。

今日はしっかりとセットした前髪の下で、くっきりと意志の強い眉が片方だけわずかに歪められ、いたずらっ子のような雰囲気を出している。

「星川さんは、わたしよりずっと大人だから、いろんなことを考えてくれているんだなって思ってます」

「そんなたいしたことは考えていない」

――そうなの⁉

では、なぜしなかったのか。

したくないという意思表示にも思えて、唯愛の心臓が不安に早鐘を打った。

「人前でするのはもったいないと思った。それだけだ」

「っっ……、そ、そう、ですか」

もったいない。

唯愛との初めてのキスを、誰かに見せるのがもったいないと、彼はそう言っている。

――ううう、何、この大人の余裕！

見送りの笑顔をかろうじて保ちながら、唯愛は内心動揺しまくっていた。

つまり、誰にも見られていないところでキスしてくれるという意味――で、間違っていないはずだ。

「俺はけっこう単純で強欲だ。覚悟はできているんだよな？」

「！　もちろんですっ」

思わず大きな声で返事をしてしまい、周囲の視線が唯愛に集まる。

「ありがとう。これからよろしく」

ふわりと彼の腕が唯愛の腰を抱いた。

軽く引き寄せられ、頬が太陽のジャケットに触れる。

「いやあ、見せつけてくれますね、星川社長」

「ほんとうですよ。かわいい奥さまと幸せそうで、羨ましいです」

太陽の言動で、突然大きな声を出した唯愛のことはみんな気にしないでくれたらしい。

「今後とも、妻ともどもどうぞよろしくお願いします」

堂々とした彼の横顔を見上げて、誓いのキスどころではない行為をこれからふたりはするのだと思い出した。

何しろ、今夜はふたりにとってまごうことなき初夜となるのだから――

第二章　大切にしたいから

「わぁ……！　映画みたい……」

都心の高級ホテルに宿泊する機会なんて、唯愛の人生には一度もなかった。

家族旅行で少し豪勢なホテルに泊まったことはあるけれど、それはたいてい海や山など観光地である。

だから、客室に入って正面の窓から見える都内の鮮やかな光に圧倒された。

「星川さん、見てください。すごいですよ」

「ああ。そうだな」

隣に立つ彼は、夜景ではなく唯愛のほうを見ている。

彼にとってはこの美しい景色も見慣れたものなのだろうか。

もしかしたら、こういうラグジュアリーなホテルに宿泊した経験も多いのかもしれない。

――だとしたら、わたしだけはしゃいでいて恥ずかしいな。

動きやすくて、見栄えのするニットとプリーツスカートの切り替えワンピースの裾を手で押さえて、唯愛はかすかにうつむいた。

「どうした、もう見ないのか？」

「え、えっと」

「ま、俺には夜景より唯愛の表情のほうが見ていて飽きないよ」

――それって、どういう意味？

顔を上げると、太陽が嬉しそうに微笑んでいる。

披露宴のときとは違い、お互い少し楽な服装になったことでリラックスできているのは間違いない。

「と、とりあえず、靴を脱いでもいいでしょうか。脚が疲れました」

「こういう場合は、俺が脱がせるべきか？」

「えっ、そうなんですか？　そんなしきたりが……？」

手近な椅子に腰を下ろした唯愛だったが、足元に彼がしゃがみこんだので思わず身構える。

新婦の靴を脱がせる新郎――と考えると、そんなイベントがあってもおかしくないけれど、今まで聞いたことはない。

「シンデレラって、そんな話だろ」

「違いますよ。シンデレラは脱がせるんじゃなく、履かせるんです」

「はは、だいぶ違ったな」

そう言いながらも、彼は唯愛の履いていたTストラップのパンプスを脱がせてくれる。

「……っ、ありがとう、ございます……」

緊張して、声がうまく出ない。

こんなふうに誰かに靴を脱がせてもらうことなんて、大人になってから初めての経験だ。

思えば、今日は初めての経験ばかりだった。

――そして、このあとも……！

「足も小さいんだな」

手の上に唯愛の左足を乗せて、太陽がわずかにかすれた声で言う。

「そ、そんなことないです」

「そうなのか？」

「……平均よりは、ちょっと小さいかもしれないけど」

シースルーのソックスを脱ぐと、裸足に床が気持ちいい。

「んん！　解放感があります！」

「そりゃよかった」

ホテルマンが運んでくれた唯愛のボストンバッグは、部屋の片隅に置かれている。

あの中には、今夜の着替えも入っていた。

通販で選んだ、普段よりちょっといいインナーだ。

誰かに見られることを前提に下着を選ぶのも、唯愛にとっては人生初の出来事である。

——今までそういう関係じゃなかったのは、婚姻届は出していても一緒に住んでいなかったから。つまり今日からは、ほんとうの意味で夫婦ってこと。今夜、そういう関係になってもおかしくない。ううん、今夜こそが初夜ってことに……

「唯愛」

「ひゃいッ」

「ははっ、なんだ、まだ緊張してるのか？」

——してる。してます！

「風呂、先に入ってくれれば。お湯張ってるから」

「えっ、星川さんが先にどうぞ」

「俺はいいよ。今日は疲れただろ。ゆっくり浸かってくれればいい」

・……━……・……━……・

丸く大きなバスタブを前に、唯愛は素足でごくりと息を呑む。

まだ小学生のころに、母が古い洋画を見ていたのを思い出した。

アメリカの高級ホテルで、美しい女性がジェットバスを使っている映像が脳裏に浮かぶ。

——これ、ひとりで入っていいんだよね？　いきなり一緒にお風呂は、さすがに無理でしょ？

「唯愛、お湯入れなくていいのか？」

「はい！　ひとりで入《はい》れます！」

背後から太陽の声が聞こえて、思わず彼の質問に対応しない返事をしてしまった。

湯を張るかどうか尋ねられたのに、今のは完全なる失言だ。

体をこわばらせて、恥ずかしさに耐えている唯愛の耳にクックッと楽しそうな笑い声が聞こえてくる。

「いや、俺は一緒に入るのも歓迎するけど」

「ち、違います。そういう意味じゃなくて……っ！」

ほかにどういう意味があるというのか。

披露宴を終え、迎えた夜。

太陽と唯愛は、ホテルのブライダルスイートルームに宿泊する。

つまり、この部屋にいるのはふたりだけだ。

ひとりで入れる宣言は、ふたりで入る想定があっての言葉だった。

「今日は疲れただろ。小さいのに、よくがんばったもんな」

ぽん、と頭に手を置かれ、つい唇をとがらせてしまう。

「あの、小さいは余計だと思います」

「俺とくらべて、大きいと言えるか？」

「…………言えませんでした……」

一九〇センチ近い太陽を前にすれば、たいていの日本人女性は小さいことになる。

実際、唯愛は平均身長よりも小柄なのだが、そんな数センチの話は些末だと思えた。

くるりと振り返って見上げた太陽は、ハイヒールを脱いだあとだといっそう大きく感じる。

「ん？　どうした？」

「星川さんは、大きいなあと思って」

唯愛の返事を聞きながら、バスルームの入り口にある操作パネルで彼が湯張りを開始した。

ザア、と大きな音を立てて、バスタブの中に湯が溜まっていく。

「唯愛なら、片腕で抱き上げられそうだ」

「さすがに片腕は無理ですよ」

小柄ではあるけれど、体重は人並みにある。

「片手で五〇キロぐらいは持てるからな」

——そんなに!?

「ほんと、顔によく出る」

腰をかがめた太陽が、唯愛と目線を合わせてニッと笑った。

「ま、待ってください！　五〇キロはありませんからね！」

「別にあっても気にしないぞ」

「ありません！」

鏡の前でジャケットを脱いだ太陽は、春先だというのに半袖姿だ。

二の腕から肘、手首にかけて、唯愛とはまったく異なる体のラインが目に入る。

――あの腕なら、たしかにわたしなんて軽々持ち上げられるのかも……！

「それで、どうする？」

鏡を覗き込んだまま、彼が尋ねてきた。

何を訊かれたのかわからず、唯愛は小首をかしげる。

「どうするって、何をですか？」

「一緒に入るかどうか」

「！　星川さん、わたしのことからかってますね!?」

一瞬で頬が真っ赤になるのを感じながら、長身の彼を軽く睨みつけた。

「それは否定しない。唯愛の反応が初々しくて、つい」

たしかに、唯愛には恋愛経験がない。

何をしても、毎回新鮮な驚きを顔に出してしまうので、からかわれる理由もわかる。

――でも、一緒にお風呂に入ることを提案してくれるっていうことは、少なくともわたしのことを子ども扱いしていないという証明になるのかなあ。

だからといって、男女の関係を知らない唯愛にはハードルが高すぎる。

「……将来的に、善処するということでお願いします」

「いい返事だ。期待しておくよ」

彼がパウダールームを出ていくと、バスタブに注がれる湯音だけが唯愛の耳に残った。

アメニティボックスには、入浴剤も数種類準備されている。

「どれにしよう。星川さんは、どういう香りが好きかな？」

吟味している間に、バスタブにはたっぷりと湯が溜まる。

唯愛は急いでシャワーで体を流し、バスタブに顎まで浸《つ》かった。

「んん……っ、気持ちいい……！」

一日中、緊張していたのだろう。

全身が適温の湯に包まれて、ゆっくりとこわばりがほぐれていく。

操作パネルに手が触れて、突然体の真下から細かな泡が湧き上がった。

「えっ⁉」

ジェットバスの機能だ。

肌にくすぐったいような、心地よいような、得も言われぬ感覚だ。

「はあ、高級ホテルってすごい……」

このあと、太陽も同じバスを使うのだから、頭まで入るのはよくない。

髪の毛が浮いていたら申し訳ないし、疲れているのは彼も同じなのだから、少しでも快適なバスタイムを堪能してもらいたい。

——でも、このお風呂、ほんとうに気持ちいい……！

結局、唯愛は約二十分ものんびり入浴を楽しんでしまった。


新品の下着を身に着けて、ホテルに備え付けのローブをきっちり着込んで部屋に戻る。

ブライダルスイートだけあって、部屋は広い。

「あの、星川さん、お風呂上がりました」

ソファに座ってタブレットで何かを見ていた太陽が、唯愛の言葉に顔を上げる。

「遅くなってすみません。お湯、ぬるかったら追い焚《だ》きしてくださいね」

「気にしなくていい。それに、ぜんぜん遅くなかった。もっと長湯したってかまわないんだぞ」

「そんな。星川さんだって、今日はとてもお疲れでしょう？」

「俺は体力には自信があるからな」

彼は笑いながら、軽く力こぶを作ってみせる。

——ぶらさがれそう……！

たくましい二の腕に目を奪われ、つい子どもっぽいことを考えてしまった。

「タブレットに、今日の写真が届いてる」

「えっ、もう？」

「ああ。フォルダを表示してあるから、気が向いたら見ているといいよ」

「はい！」

ベッドルームにひとり、唯愛はいそいそとタブレットを手にした。

ソファに座ろうかと思ったけれど、あのふかふかの大きなベッドに横たわってみたい。

欲求に負けて、タブレット片手にベッドに横たわる。

「ふわぁ……、最高……！」

つい、このまま目を閉じてしまいそうだ。

――ダメダメ、きっと寝ちゃう！

ベッドにうつ伏せになり、枕の上にタブレットを置いて写真を一枚ずつ確認していく。

どうやら、カメラマンが撮影したものではなく太陽の友人がデータを送ってくれたようだ。

「あ！　この角度、星川さんすごくかっこいい」

結婚式と、披露宴前半に着用していた白いタキシード姿に、唯愛は思わずひとりごとを漏らした。

フォーマルな装いの太陽を見たのは、今日が初めてだ。

過去にもスーツ姿は何度か見ているけれど、それともだいぶ違っている。

――こんなステキな人が、どうしてわたしなんかと結婚してくれたんだろう。

彼は、見た目こそ少々いかついい印象があるけれど、笑顔が優しい。

笑うと目尻が下がって、笑いジワがかすかにできる。

地元でも有名な建設会社の二代目社長で、一級建築士と宅地建物取引士《たくちたてものとりひきし》の資格も所有している。

唯愛より九歳上の、大人の男性。

そんな人物が、成り行き上とはいえ自分と結婚してくれた。

この現実を、きっと誰よりも信じられないのは唯愛だ。

——星川さんもご両親を早くに亡くしていると言っていたから、きっとわたしの境遇に同情してくれたんだろうな。それに、お父さんとは仕事でいいつきあいをしてきたみたいだから……

彼もまた、唯愛の父の病気については知っている。

野々田工務店の仕事は、星川建設が引き継いでくれることになっていた。

娘をひとりで残していく父に、そしていずれひとりぼっちになるだろう唯愛に、優しい太陽は手を差し伸べてくれたに過ぎない。

——その優しさに、応えられるようになりたい。

自分に何ができるのかなんて、唯愛にはまだわからなかった。

母を亡くしてから家事は父と分担してきたから、家のことはひと通りできる。

けれど、そのくらいはきっと太陽だって困っていないはずだ。

ひとり暮らしが長いと聞いている。

「ほんとうに、どうして結婚してくれたのかな」

ひとりだと油断して、唯愛はローブの裾が乱れるのも気にせず、両脚を交互にパタパタと動かしながら写真を眺めていた。

「唯愛？」

すると、思っていたよりだいぶ早く、太陽がバスルームから戻ってくる。

「！」

がばっと起き上がり、乱れたローブの裾を急いで直す。

さすがに、リラックスしすぎてしまった。

「あの、写真、ありがとうございます。すごくステキで…………」

ベッドから立ち上がった唯愛の目に、自分と同じローブ姿の太陽が映る。

タオルで髪をワシワシと拭う彼はワイルドで、耳の下をまだ水滴が伝っていた。

袖口から伸びた腕も、少し開き気味の胸元から覗く肌も、ローブの裾から見えるふくらはぎの筋肉も、何もかもが唯愛の目を惹きつけて離さない。

普段の服装でも、太陽はかなり逞《たくま》しい体つきをしていると知っていた。

だが、素肌はそれ以上の破壊力がある。

――タキシードもいいけど、バスローブも似合います、星川さん！

「暑いな」

筋肉量が多いほど、体温が高いと聞いたことがあった。

唯愛は慌てて、タブレットを置いて冷蔵庫に駆け寄る。

「飲み物、何かいりますか？」

「ああ、じゃあ水を頼む」

「はい！」

彼の気配を背後に感じながら、取り出したミネラルウォーターのキャップをひねり、冷蔵庫で冷えていたグラスに注いだ。

――どうしよう。わたし、あの人とこれから……

今さら今夜のメインイベントを思い出し、指先がかすかに震えそうになる。

怖いのではない。

期待しているのだと、自分でもわかっていた。

出会ったときから、唯愛は太陽にほのかな憧れを抱いていたのだ。

結婚準備の期間で憧れは完全に恋へと変わった。

そして今。

ふたりきりのホテルの部屋で、彼に抱かれることを考えている――

「すごいな」

「え？」

妄想が漏《も》れてしまったのかと、唯愛はビクッと体を震わせた。

おそるおそる振り返った視線の先、すぐ近くに太陽が立っている。

「わざわざグラスに注いでくれるとは思わなかった」

ふっと目を細めた彼が、唯愛の前に腕を回してグラスを持ち上げる。

その一瞬、同じボディソープが香った。

うなじのあたりに甘い痺れが走り、彼にもっと近づきたくなる。

心臓が壊れそうなほどに、激しく鼓動を打っていた。

今からこんな調子で、今夜を乗り切れるのだろうか。

「普段、ペットボトルからそのまま飲んでいたからな。唯愛は、丁寧に暮らしてきたんだろ」

「そ、そんなことないです。普通ですよ」

「そうか？　あまり幻滅されないよう、気をつけないとまずそうだ」

軽く笑う彼が、魅力的すぎて直視できない。

――今夜、ほんとうの夫婦に……

「唯愛、ベッドに入っていいぞ」

「はっ、はいっ！」

ぎくしゃくしながら、言われるままにベッドへ戻る。

そう、この先は、まだ知らない世界。

――きっと、ふたりきりで初めてのキスをするんだ。それから、わたしは……

「あ、あの、星川さんは？」

「ああ、これを飲んでからな。眠かったのに、俺の飲み物の用意なんてさせてすまなかった」

「？　眠いわけじゃないですけど……」

「ベッドにいたんだろ？　気を遣わなくていい。俺だって今日はさすがに疲れた」

グラスを一気にあおると、太陽が髪を拭いていたタオルを置いてベッドに近づいてくる。

「それに、明日からの旅行に備えておかないとな。睡眠不足だと、乗り物酔いするぞ」

「は、はい」

おや、とベッドの中で首をかしげる。

なんだか様子が、思っていたのと違っていた。

新婚のふたりの夜は、てっきりそういうことになると思っていたけれど、こんなに健全な流れでいいのだろうか。

隣に太陽が体を横たえる。

だが、大きなベッドはふたりが密着する必要もなく、かなり余裕がある設計だ。

「電気消すぞ」

「あ、はい」

——えっと、これはしないで寝るってこと……？

ベッドサイドのパネルで、太陽が室内の照明を落とした。

デジタル表示の時計が、薄く発光している。

時刻は二十三時十一分。

たしかに疲れてはいるけれど、まだ睡魔に負けるほどではない。

「あの、星川さん」

しないんですか、とも聞けず、唯愛は呼びかけるだけで何も言えなかった。

「どうした？　全部消すのは苦手か？」

彼は照明のことだと誤解したらしく、もう一度パネルを操作しようと体を起こす。

「そういうわけではなくて、あの」

どうしていいかわからなくて、太陽のローブの袖口をつかんだ。

肌に指先がかすめる。

もっと、触れてみたい。

——星川さんは、わたしとしたくないの？　それとも、もともと結婚なんて名目だけで、わたしとそういう関係になるつもりがないの……？

誓いのキスを唇にしなかったのも、もしかしたら最初からそういうつもりだったのだろうか。

ふたりきりでしようと言われたものだと思っていたが、あれも自分の思い違いなのかもしれない。

「唯愛？」

「………っ」

何も言えずにいると、彼がこちらに向いて唯愛の頭の下に左腕を入れてきた。

「ほっ、ほしっ……」

首に体温を感じて、唯愛は一気に緊張する。

——腕、太い！　それに、すごく硬い！

「おやすみ、唯愛」

薄闇の中でも、彼がじっとこちらを見ているのがわかった。

「つっ……、おやすみなさい」

上ずる声で、小さくおやすみの挨拶を交わす。

「これから末永くよろしく」

「こちらこそ、よろしくお願いします」

——こんなの、ドキドキして眠れないよ！

そう思ったのもつかの間。

自分で思うよりも、唯愛は疲れていたのだろう。

あるいは、初めて男性と同じベッドで寝るのに緊張していたのかもしれない。

なんにせよ、十分と経たずに、唯愛はすやすやと寝息を立てていた。

首筋に感じる彼のぬくもりが、ただ愛しかった。

・・・・・・・・・・┃・・・・・・・・・・・┃・・・・・・・・・・

——何もしないつもりではいたんだが、この寝つきのよさはあまりに無防備すぎないか？

クイーンサイズベッドの上で、横を向いたまま身じろぎもできず、星川太陽は妻の寝顔を見つめている。

歳の離れた彼女は、あまりに無垢で手を出すのもためらわれた。

結婚前に話していて、唯愛には過去につきあった男性がひとりもいないことはわかっている。

だからこそ、今夜いきなり手を出すのはあまりに無作法な気がしていた。

ホテルについてから、彼女は披露宴の最中よりもさらに緊張しているのが見て取れた。

小さな肩がこわばっていて、その緊張をなんとかしてほぐしたいと太陽は思ったのだ。

広いバスタブでリラックスしてくれたのはいい。

ベッドを気に入ってくれたのも嬉しい。

——寝顔まで、かわいすぎるだろ？

暗がりの中でも、伏せたまつ毛の長さがよくわかる。

年齢よりも純真な唯愛を見ていると、庇護欲が掻き立てられた。

だが、太陽も年齢相応の健康な男性だ。

守りたいと思うだけで結婚までしようとは思わない。

彼女を、抱きたい。

その気持ちは、触れればいっそう強まっていく。

遊び疲れて眠る子どものように、あるいは安全な場所で身を寄せ合う小動物のように、唯愛はすこやかな寝息を立てている。

左腕に感じる、かすかに湿った吐息。

どうしようもないほどに、唯愛は愛らしいのだ。

初めて会ったとき、彼女はまだ学生だった。

――あのときは、怯《おび》えて毛を逆立てた子猫みたいだったよな。

もう、二年前になるだろうか。

『ち、父に何する気ですかッ！　離れてください！』

包丁を手にした太陽の前に、唯愛は必死の形相で立ちはだかった。

こちらとしては、仕事相手の野々田が倒れたからソファに寝かせて果物のひとつも剥いてやろうとしていただけで、当然危害を加えるつもりはない。

けれど、彼女にとってあのときの自分は強盗にしか思えなかっただろう。

『警察、警察を呼びます！』

そう言われて、少し焦ったのを思い出す。

疑われるのも無理はない。

昔から太陽は体が大きかった。

高校生のころから、父の会社の現場でバイトをしていたこともあり、いつも日焼けしていた。

長身に筋肉、そしてあまり愛想のあるほうではない。

結果、子どもから怖がられた経験は両手の指で数えきれない。

『ちょっと待て。俺は』

『ち、近づかないでッ！』

怯えながらも、彼女は必死で父親を守ろうとしていた。

父ひとり子ひとりの環境は、野々田から聞いて知っている。

『野々田さんのお嬢さんだよな。えーと、唯愛、さん？』

通報されては困るので、スマホを奪い取った。

そして彼女の名前を呼んだ。

あれが、初めてだった。

いつも聞いていた名前を、自分の唇で紡いだその瞬間に、彼女はパチパチと目を瞬《しばた》いた。

『え……？』

警戒心が解けるのは、一瞬。

唯愛は説明を聞くとすぐに頭を下げてくれた。

父親の仕事相手だからといって、無条件に信用するのはいかがなものか。

まして、強盗だと思って対峙していたのなら、それもかなりよろしくない。

――もし不審者に遭遇したら、とにかく逃げろと教えておかないといけないな。

小柄で華奢な唯愛が、危険な目に遭遇するのは絶対に避けたい。

いつでも彼女のそばにいられるのなら守り通す自信はあるけれど、さすがにまともな社会生活を送るためにはそうも言っていられない。

――なあ、俺は唯愛から見たらデカくて怖い相手じゃなかったか？

「ん、ん……」

腕枕の上、唯愛が体をよじる。

いっそう距離が詰まって、彼女の前髪が鼻先にかすめた。

「ころっけ……？」

――寝言が、コロッケ⁉

ふふ、と彼女は眠ったままでかすかに笑う。

あの日――ふたりが初めて会ったあの日も、コロッケをくれた。

誤解が解けたあと、

『近所のお肉屋さんのコロッケなんです。地元では人気があって……』

唯愛がそう言って微笑んだのを覚えている。

父の跡を継いで仕事ばかりの毎日を過ごしていた太陽が、久しぶりに誰かを魅力的だと感じた瞬間だった。

『あの、もしよろしければ持っていってください』

『いいんですか？』

『はい、普通のコロッケですけど、お腹の足しにはなると思います！』

野々田が娘を猫可愛がりしているのは知っていたけれど、無理のない話だ。

野々田唯愛は、ほんとうにとてもかわいらしい女性だったのだから。

――あのときは、唯愛と結婚するだなんて思いもしなかった。

かわいいと思うことと、恋愛に発展するかは別の話である。

さらにいうなら、交際したからといってかならず結婚というゴールにたどり着くわけではなく、まだ二十歳そこそこの彼女とこんなふうになるとは――

「……まあ、もう離す気はない」

――こんな男に捕まってしまったのを後悔させやしない。俺が、唯愛を幸せにする。

とはいえ、清純すぎる花嫁を前に悩ましい気持ちになるのも事実だ。

最初からかわいいとは思っていた。

それが次第に、野々田の病気が判明し、残される彼女のことを気にしながらも何ができるわけではなく、突然降って湧いたチャンスのごとき縁談につながったのである。

ひとり残される孤独は、知っている。

同情ではなかったと言い切れる自信はなかった。

かわいいと、かわいそう。

始まりがなんであれ、今は彼女のことをただ愛でているだけでもないのである。

愛らしい、守りたい、と思う気持ちは、気づけば恋愛感情に移行していた。

——まあ、歳も離れているし、夫婦とはいえ今のところ名ばかりの俺から好きだなんて言われたら、唯愛は当惑するよな。

気持ちを伝えるのは、もっと先で構わない。

まずは、ふたりの時間、ふたりの生活が前提だ。

幸いにして結婚したということは、時間だけは潤沢《じゅんたく》にある。

ゆっくりでもいい。

彼女の気持ちが、自分に向けられるのを待つ。

純粋な花嫁の寝顔を見ている間に、純粋と言っていいか悩ましい下腹部の情欲が猛っていく。

衝動に負けるほど若くもなければ、愚かでもない。

——せめて、寝顔を撮影するくらいは許されるか？

こっそりと右手だけでスマホを操作し、彼女にカメラを向けた。

その瞬間。

「んー、ん」
ごろん、と勢いよく唯愛が太陽の胸の中に飛び込んできたではないか。
寝返りを打ったというのが正しいのだが、これは完全に密着している。
先ほどから愛情と欲望が滾る、その近辺に彼女のやわらかな腹部が当たっていた。
——頼む。今だけは起きないでくれ!
「……ゆ、め」
胸元がはだけているのを見て、彼女を起こさないようそっと直しておく。
なんとも魅惑的で、たまらなく理性を試される夜に。
——こんな状況でも耐えられるくらい、俺はきみのことが好きだ。
スマホを元の位置に戻す。
腕枕する左腕だけでは物足りなくて、太陽は右腕でも唯愛を抱きしめた。
このくらいは、きっと許されるだろう。
寝起きの彼女がどんな顔をするのか。
考えるだけで、楽しみだった。

•……|……•……|……•

新婚旅行は、諦めていた。

そもそも恋愛結婚をしたわけではないし、かといって政略結婚と呼べるほどの家の娘でもない。

――しいて言うなら、同情結婚？

脳内で思いついた言葉に、唯愛自身ががっくりと肩を落とす。

事実は、ときとして人をもっとも傷つける。

――でも、同情だろうとなんだろうと、結婚したからには星川さんの妻はわたし！

ほんとうにこの縁談を進めていいのか。

太陽は、迷いのない唯愛に念押しして、確認した。

「唯愛さんには、この先たくさん出会いがある。野々田さんのことが気がかりなのはわかるけど、結婚までしなくたって俺はいくらでも援助するつもりだ。きみのお父さんには、ほんとうに世話になっている」

彼にとっては、唯愛よりも父のほうが優先順位が高かったのかもしれない。

しかし、求めているのは援助ではないのだ。

たしかに一時期は経営の傾いていた野々田工務店だが、現在は太陽の協力でだいぶ立て直している。

それに、唯愛の就職が決まることが何より父を安心させる方法だと思っていたけれど、太陽と結婚するほうがいいに決まっていた。

「父は、わたしをひとり残していくことをいちばん気にしています。だから、星川さんが結婚してくださるなら、それが何より……その、安心してくれると思うんです」

「いい家族だ」

「……はい。わたしにとって、最高の父です」

結局、ふたりは結婚する道を選んだ。

さらに太陽は、大学卒業後にすぐ就職する必要はないと言ってくれた。

働くのはいつでもできる。

けれど、父と過ごす時間は限られている。

彼の言葉に甘えて、唯愛は彼の花嫁となる未来を歩くことにした。

何もかも与えてもらってばかりの結婚だ。

これ以上は望まない。

だから、新婚旅行はないものだとばかり思っていた。

「たしかに海外は難しい。野々田さんの体調が悪くなったときに、すぐ駆けつけられないのは心配だろ。国内で、近場なら――」

太陽が提案してくれたのは、自家用車で行ける場所だ。

ただ国内を選ぶのではなく、何かあったときにすぐ父のところに駆けつけられる。

そういうところを、わざわざ考えてくれた。

その気持ちが嬉しくて、唯愛は自分には贅沢だと思っていた新婚旅行を楽しもうと決めたのだ。

「箱根なんて、若い子にはあまり魅力的じゃないかもしれないけどな」

「そんなことありません！」

東京から、車でおよそ一時間半。

近場の観光地というのは、逆にあまり行ったことがない。

あまり、ではなかった。

唯愛は東京で生まれて育ったけれど、今まで一度も箱根には行ったことがないのだ。

——深夜でも、早朝でも、車ならすぐ東京に戻れる。そんなふうに新婚旅行先を選んでくれる星川さんが好きだなって思う。


「そろそろ着くぞ」

「えっ、どこですか？　どれ？」

山の中を走る車は、平日ということもあって、独走状態だ。

左右にずっと緑が連なり、ときどきホテルや旅館が姿を現す。

「この先を左にカーブしたところだ」

残念ながら、まだ建物は見えない。

唯愛は車窓にひたいをつけるようにして、外の景色を眺めた。

昨晩しっかり眠ったおかげで、車酔いはせずに済んでいる。

――じゃあ、今夜こそもしかしたら？

新婚旅行なのだから、こちらが本番の初夜なのかもしれない。

そんなことを考えているうちに、車がカーブを過ぎてホテルの敷地に入っていく。

しかし、入り口の看板は見えたけれど、まだ建物は見えてこない。

ずいぶん奥深いところに建てられたホテルのようだ。

「あ！　見えました！」

緑に囲まれたその奥に、おしゃれな現代美術館を思わせる木造でガラスを多用したアーチ型の屋根の建物が見えてきた。

――あれが、ホテル？

道中に見たどの宿泊施設ともまったく異なる雰囲気に、唯愛は目を丸くする。

「あそこに泊まるんですよね？」

「いや、もっと離れみたいなとこのはずだぞ」

「離れ……？」

言葉からイメージするのは、和風建築。

しかし、あの建物はどう見ても北欧風の雰囲気だ。

「楽しい新婚旅行にしよう」

「はい。よろしくお願いします」

駐車場に車を停めると、ふたりは荷物を持って先ほどの美術館風の建物へ向かう。

「唯愛」

「？」

不意に彼が空いている右手を差し出してきた。

――え、えっ、もしかしてこれって……

手をつなごうという意味かもしれない。

唯愛の左手が、ぴくんと震える。

おずおずと手を伸ばし、彼の指先に触れたとたん、太陽も驚いたように瞬きをした。

「えっ、違いました⁉」

「……あー、まあ、荷物を持とうかって意味だったんだけど、こっちのほうがいい」

――荷物⁉　しまった、間違えた！

かあっと耳まで赤くなった唯愛の右手から、彼は荷物を取り上げる。

片手でふたり分のバッグを持つ太陽が、空いた手で唯愛の手をきゅっと握った。

「新婚らしくていいだろ？」

と笑った。

恥ずかしいのに嬉しくて、嬉しいのに恥ずかしくて、だけど幸せな気持ちが胸を満たしていく。

新婚旅行は、始まったばかりだ。

美術館のような建物にはホテルのロビーとコンシェルジュサービス、レストラン、フロントなど、客室以外の設備が集まっていた。

太陽が言っていたとおり、この建物に客室はない。

では客室はどこかというと、個別の独立棟になっている。

緑の散策路を歩いた先に、北欧風ヴィラが建つ。

しかも、それぞれの建物はかなり距離が空いている。

ほかの客を気にすることなく、ふたりだけの時間を堪能できる作りだ。

外観からイメージしたとおり、室内には暖炉があり、ナチュラルでシンプルなのに人間工学を考慮した使い勝手のよい家具が揃っていた。

ダイニングテーブルとベッドフレームは天然のウォールナット材、ソファには差し色なのかカラフルな手編みのカバーをつけたクッションが並んでいる。

「なんだか、ほっとするインテリアですね」

都会的な雰囲気な昨晩のホテルも魅力的だが、唯愛は木造の建築物に癒やされる自分を知った。

「ここのホテルのおすすめは、空中庭園温泉らしい」

「空中庭園……？　え、庭園に温泉があるんですか？」

まったくイメージがつかめず、うむむと考え込んでいると、彼がデスクに置かれていた施設案内を見せてくれる。

そもそも空中庭園とはどういうことなのだろうか。

「すごい！　空にいちばん近い露天風呂なんですね!?」

空中庭園と呼ぶにふさわしい、裏山になった部分の天辺に天蓋つきの広い露天風呂があると書かれている。

この敷地で、もっとも空に近い場所。

そこに建つのが、この空中庭園温泉だ。

「予約してあるから、ゆっくり楽しもう」

「はい！」

——ん？　楽しもう？　一緒にってこと？

彼の言葉に当惑し、唯愛は思わず太陽を見上げた。

「あ、あの、楽しもうって、えっと」

「せっかくだから、じっくり浸かりたいだろ？」

——それはそうなんですけど！

「大丈夫だ。一緒に入ろうなんて言わないから、心配しないでいい」

「は、はい……」

膨らみかけていた気持ちが、ぷしゅう、と針で刺されたようにしぼんでいく。

――やっぱり、手は出してくれないんですね、星川さん。

昨晩はお互いに疲れていた。

だから、今日こそはと思う気持ちもあった。

「お風呂大好きなので、嬉しいです」

多少の自棄も入りつつ、こんなステキな新婚旅行を準備してくれた彼に笑顔を向ける。

「子どもみたいな顔してるな」

「わたし、子どもじゃありません」

つい、いつもより語調が強くなった。

彼がかわいがってくれている、その気持ちはわかっていた。

――だけど、わたしは子どもじゃなくて星川さんの妻なんですよ？

「俺から見れば子どもだよ」

「だから……っ」

――だから、手を出してくれないんですか？

言えない。さすがに、そこまではっきり言えるほどの関係性は、まだできていない。

「……嘘だ」

「え？」

ぐい、と腕を引き寄せられる。

何が起こったのかわからないまま、唯愛は気づけば太陽の腕に抱きしめられていた。

——ま、待って？　今、どういう流れでこんなことに⁉

心臓の音が、喉元までせり上がってくる。

きっと彼にも聞こえているに違いない。

「子ども扱いしたのは、俺自身の理性に向けた発言だ。ほんとうに、唯愛のことを子どもだと思ってるわけじゃない。わかるだろ？」

「っっ……、は、はい……」

何もわかっていない。

ただ、初めて彼に意図的に抱きしめられた。

頭に血が上って、もう何も考えられない。

「とりあえず、食事の前に部屋風呂でも使うか？」

「えっ、一緒にですかっ⁉」

がばっと顔を上げた唯愛に、太陽が冗談めかした表情で「唯愛が望むなら」と笑いかけてきた。

——この場合の、正しい答えって何⁉

・・・・・┃・・・・・・・・・・┃・・・・・

昨晩のジェットバスもすばらしかったが、箱根の部屋風呂も最高だった。

——さすがに、一緒に……とは言えなかったけど。

この二日、唯愛は充実したバスタイムを過ごしている。

貸出の浴衣は、女性用のみ自由に選べるようになっていて、淡いピンク色に手毬の絵柄のものにした。

「お、浴衣も似合うな」

湯上がりに部屋へ戻ると、太陽が窓際のテーブルセットでコーヒーを飲んでいる。

客室に設置されているコーヒーマシンを使ったのだろう。

鼻先をくすぐるコーヒーの香りに、喉の渇きを感じた。

「唯愛の分もあるぞ。飲むか？」

「ありがとうございます」

「ああ。ただし、先に水だな。湯上がりにいきなりカフェインじゃ、水分補給ができない」

立ち上がった彼が、ウォーターサーバーに向かって歩いていく。

「あっ、自分で……」

慌てて、唯愛も同じ方向に駆け寄る。

「いいから、休んで——」

振り返った彼の胸に、どん、とぶつかった。

あっと思ったときには、体がうしろに倒れかけていく。

——転ぶ！

ぎゅっと目を閉じた瞬間、何かが背中をぐいと引き寄せた。

——あれ？　転んで、ない。

おそるおそる目を開ける。

目の前には、青色の浴衣地があった。

「大丈夫か？」

声に導かれるまま、目線を上げる。

前髪が乱れた太陽が、心配そうにこちらを覗き込んでいた。

間近で見る彼の瞳に、呼吸を忘れてしまう。

少し目尻の下がった、整った顔立ち。

焦った表情が、彼の色気をさらに加速させている。

「だ、大丈夫です。すみません……」

彼から一歩離れようとすると、背中に回された腕がそれを許さない。

「部屋の中でも、気をつけないとな。転んだら危ない」

「はい……」

「それと、もう一度言うんだが」

「？」

「浴衣、かわいいな」

――さっきは似合うって言ってくれたけど、『かわいい』!?

どくん、と心臓が大きく跳ねた。

目と目が合ったまま、反らすこともできなくて。

ゆっくりと彼の顔が近づいてくる。

もしかして、今こそ初めてのキスのタイミングが――

リリリリリ。

空気を震わせて、突如内線らしき音が鳴り響いた。

お互いにびくっと体をこわばらせ、太陽が電話に向かって駆け出した。

「はい。――ああ、はい。では十九時で、ええ。よろしくお願いします」

――夕食は十八時と言われていたけど、変更になったのかな。

受話器を置いた彼がこちらに振り返り、

「夕飯、一時間ずらしてほしいそうだ」

と、予想どおりの答えをくれる。

「混雑してるのかもしれませんね。だって、ここ、すごくステキなホテルですし」

各棟が独立しているため、ほかの客室にどのくらい人がいるのかはわからない。

少し早口にまくし立てたのを見て、太陽がふっと破顔する。

「なんでそんなに焦ってるんだよ。かわいすぎるだろ」

「かっ……」

——かわいくなんて、ない！

キスの直前だったことを思い出さないよう、無意識に会話をつなごうとしていた。

それを見抜かれている気がして、唯愛は両手で頬を覆う。

「ぜんぜん、普通です」

「俺はかわいいと思ってるけど？」

「っっ……、星川さんは、わたしに甘すぎると思います！」

彼は、大人だ。

自分よりもできることがたくさんあり、視野が広くて先に気づいてくれる。

だからといって、なんでもしてもらってばかりでは太陽が疲れてしまうのではないかと、唯愛は懸念していた。

恋愛結婚ではないかもしれない。

それでも、憧れていた人と結婚したからには、唯愛なりにこの先、長く添い遂げたいと思っている。

——それが、星川さんがわたしといることに疲れて、もう暮らしていけないってなったらいやだ。

「甘いと、何か問題があるのか」

「問題というか……」

「新婚旅行くらい、妻を甘やかしても許されるだろ？」

「う……！」

破壊力満点の笑顔に、唯愛は何も言えなくなってしまった。

言葉が脳から失われて、彼に見惚れるばかり。

——その笑顔が、わたしをダメにするんですよ……！

「ほら、水飲んで」

ウォーターサーバーから水を注いでくれた太陽が、グラスをこちらに差し出す。

「……ありがとうございます。いただきますっ」

一気にグラスをあおると、唯愛は「ぷはっ」と大きく息を吐いた。

・……‖……・……‖……・

箱根二日目、唯愛は朝から睡眠不足だった。

部屋で夕飯を食べたあと、ふたりで散歩をして、ベッドに入ったところまではいい。

キス未遂があったせいで期待してしまったのだ。

──まあ、あれだけが原因じゃないんだけど。

昨晩も太陽は腕枕をしてくれた。

筋肉質な彼の腕は、首に触れているとそれだけで胸がせつなくなる。

この腕にもっと抱きしめられたいと思った。

だが、太陽がしてくれるのはそこまで。

初夜どころか、キスすらまだしていないままのふたり。

もしかしたら、もしかしたら──と、期待しているうちに、空が白んできて唯愛の意識は途絶えた。

──期待するの、やめなくちゃ。

今日は箱根観光をすることになっていたので、朝食を終えて準備を済ませると、太陽の運転する車に乗り込んだ。

移動中も、まぶたが重い。

それなのに眠ることもできず、唯愛はずっと考えている。

彼は唯愛に妻としての役割を求めていないのだ、と。

──きっと、お父さんへの配慮でわたしと結婚してくれた。だから、手を出さない。昨日のも、わたしがキス未遂だと思っているだけで、星川さんはそういうつもりじゃなかったのかもしれないし。

だとしたら、いつまでも勝手に期待していては彼も暮らしにくいだろう。

割り切って、互いの結婚生活に恋愛感情のようなものは存在しないと認めてしまったほうがいい。

——少なくとも、星川さんはわたしとどうにかなるつもりはないんだ。わたしだけが、星川さんに焦がれているんだもの。

「唯愛、着いたぞ」

「え、あ、はいっ！」

いつの間に、車は駐車場に停まっていたのか。

慌てて返事をした唯愛が運転席に目を向けると、大きな体を前に倒した太陽が、ハンドルに両腕をかけてこちらをじっと見つめている。

「すみません。ちょっと昨日、あの、うまく寝つけなくて」

「ああ。今日は無理しないほうがいい」

——え？　せっかくの新婚旅行なのに？

自分からコンディションの悪さを告げておきながら、唯愛は不安になる。

こんなふうにふたりで旅行できることが、この先あるのかわからない。

だったら、少しでもたくさん楽しいことを一緒にして、思い出を作っておきたいのに——

「うまく寝つけなかったけど、元気です！　なので、いっぱい遊びましょう！」

「無理するなって言ったばかりだが？」

「無理なんてしてませんっ」

このままホテルに戻ろうと言われたら困る。

唯愛は急いで車から降りた。

——え、ここって……

到着するまで行き先を知らなかった。

今回のプランは、すべて任せてほしいと太陽に言われていたからだ。

駐車場から見える入り口に、以前から気になっていた公園の名前が見える。

ぱあっと表情の明るくなった唯愛に、運転席から降りた太陽が近づいてきた。

「旅行会社でおすすめだと聞いた。唯愛は、植物が好きだったよな」

「はい、好きです……！」

もともとは、母が植物を育てる人だった。

母は、緑の手の持ち主だったと思う。

カフェでドリンクに飾られたミントを持ち帰っては、グラスの水に浮かべて増やしていく。

いただきものの寄植《よせう》えも、母の手にかかればみるみるうちに根づいてしまう。

だから、母亡きあとも未だに野々田家には植物が元気よく育っていた。

最初はしおれていく草花を前に、水やり以外の方法がわからなくて、父とふたりで途方に暮れた。

水をやって元気になるものはいいのだが、今度は水のやり過ぎで根腐れを起こすものもあった。

少しずつ調べて、育て方を学んで。

気づけば、母のいたころに近いほど野々田家は緑に囲まれるようになった。

——だけど、いずれそれもなくなる。

父は、野々田工務店を閉めて、入院手続きをとった。

来月には、唯愛の育った実家は誰も住まない場所となる。

もちろんすぐに手放すわけではないけれど、人の住まない家に植物は置いておけない。

いくつかの鉢を太陽のマンションに移動させ、あとはもらってくれる人を父が探してくれた。

「唯愛、どうした？」

「あ、いえ。嬉しいです」

失われていく予定に寂しくなっていても、意味はない。

今、ここにいられることを楽しまなくては。

太陽と並んで入園すると、広がる美しい光景に息を呑んだ。

悲しいことを思い出さないように努力せずとも、公園内の鮮やかな草花に目を奪われていく。

「あっ、見てください。あれ、有名なバラのアーチですよ」

「そうなのか？　じゃあ、まずはそのアーチから見ていくとしよう」

「はい！」

平日の午前ともあって、まだ人の姿はまばらだ。

すれ違うのは地元の住人と思しき老夫婦や、小さな子どもを連れた母親たち。

しかし、バラのアーチの周囲には若い女性客が数組、写真を撮っていた。

バラ園の中央にあるアーチは、石畳の敷き詰められた散策路の上に弧を描いている。

古い公園なこともあり、石畳はところどころ剥がれて下の土が覗いていた。

けれど、そんなことも気にならないほど紫がかった濃いピンク色のバラは咲き誇っている。

「天気がいいですね。晴れてよかったです」

「ああ、そうだな」

長身の太陽は、唯愛とは歩幅がぜんぜん違っているはずなのに、いつもこちらの速度に合わせて歩いてくれる人だ。

――いつも、星川さんはわたしを気遣ってくれるんだ。

「優しい、ですよね」

「ん？　なんの話だ？」

「星川さんが、優しいなって思うんです」

「……どうした、急に」

唯愛としては、まったく急ではないのだけれど、たしかに口に出したのは突然に思われるかもしれない。

なぜ伝えようと思ったのか。

――たぶん、星川さんがいつもわたしを褒めてくれるから。

かわいいとか、浴衣が似合うとか。

ひとつひとつを丁寧に拾って、彼は褒めてくれる。

「ちゃんと伝えようと思ったんです」

「そうか。ありがとな」

ぽん、と彼の大きな手が頭の上に置かれた。

それまでは、頭に当たる日差しの熱を意識していなかったけれど、彼の手が触れたときにとても温かくて春を感じる。

触れられる前から、陽光を浴びて髪と頭皮は熱を帯びていたのだろう。

けれど、そこに太陽が触れて初めて熱に気づく。

それとも、これは彼の手の温度なのか。

――わからないけど、すごくあったかい。

胸の奥がじわりとにじむ。

「あのー、すみません。写真をお願いしてもいいですか?」

女性のふたり連れが、太陽に声をかけてきた。

「構いませんよ」

「ありがとうございます。あ、じゃあこっちのスマホもお願いします！」

「はい」

慣れた手つきで、彼はふたり分のスマホを預かると順番に女性たちの写真を撮影した。

「ありがとうございます～。あ、よかったらお礼に撮りますよ」

髪の長い女性がスマホを受け取って、太陽と唯愛を交互に見る。

——えっ、写真、いいの？

思わず彼の顔を見上げると、太陽が「じゃあ、お願いするか」と唯愛に尋ねてきた。

「はい！　お願いします」

バッグからスマホを取り出し、女性にわたす。

バラのアーチの真ん中に立つと、彼が少し距離を詰めてくる。

肩口が、太陽の二の腕にとん、と当たった。

「ありがとうございました」

スマホを受け取ると、女性たちが話しかけてくる。

「新婚さんですか？」

「ね、それっぽい」

——えっ、ちゃんと新婚に見えるの⁉

年齢も離れているし、どういう関係に見えるだろうと考えたこともあった。

けれど、初対面の人たちから新婚っぽく見えると言われて、急に緊張してくる。

「ふふ、そんな驚かなくてもちゃんと新婚さんに見えますよ。ほら、真新しいリングだし」

「なんか雰囲気、初々しいよね」

思わず自分の左手をじっと見てから、唯愛は女性たちにもう一度頭を下げた。

「ありがとうございます。嬉しいです」

スマホを手に握ったまま、少し離れて待っている太陽のところへ駆けていく。

「えー、かわいーー」

「いいなあ、幸せそう」

「旦那さん、背高かったよね」

「わかる。身長差いい」

遠ざかっていく彼女たちの声が、耳にくすぐったい。

石畳を駆ける脚が軽かった。

「何かあったのか？　そんなに急いで」

「今、あの――」

言いかけて、なんだか恥ずかしくなる。

――わたしたち、ちゃんと新婚夫婦に見えるみたいですよ。

口元がゆるむのを、指先できゅっと押さえた。

「唯愛？」

「な、なんでもないです」

「なんだよ、気になる」

「たいした話じゃないですって」

「俺には言えない話か」

珍しく食い下がる太陽が、少し拗ねたような顔をする。

「言えないってことはないんですけど、あの……」

こんなことで喜んでいる自分を、子どもっぽいと思われないだろうか。

――太陽さんにとっては、なんてことないかもしれない。ただ、わたしは嬉しかった。

「……新婚ぽいですね、って」

「ん？」

「その、ちゃんと新婚夫婦に見えるって言われて、嬉しくなっちゃって」

返事がない。

彼はどんな顔をしているのだろう。

そっと覗き見ると、太陽は口元に拳を当てていた。

――あ、同じだ。

彼も、口元が微笑んでしまうのを隠している。

それが自分と同じに思えた。

「……まあ、それはたしかに言われたら嬉しい、な」

優しい目で、太陽がほほえみかけてくれる。

今日は、いつもより距離が近い。

ふたりの左手薬指には、対のデザインの指輪がある。

きっと、体の関係がなくても夫婦なのだ。

社会的に認められているというだけではなく、もうとっくに夫婦になっている。

夫婦になっていくのではなく、夫婦であることに慣れていく。

そういう時間を、これから彼と過ごしていけたら――

・……━……・……━……・

公園をたっぷり歩いたつもりだったが、車に戻るとまだ十一時にもなっていない。

楽しい時間は一瞬で過ぎる、とはよく聞くが、今日はまるで時間が引き伸ばされたように充実している。

「はあ、思ったより暑いですね」

この時期の箱根なら、上着を一枚準備したほうがいいと思っていた。

天候に恵まれたおかげか、今日は七分袖のワンピースだとうっすらと汗ばむほどだ。

「飲み物、買ってきた。どっちがいい？」

太陽が、片手でペットボトルを二本差し出してくれる。

ミネラルウォーターと麦茶だ。

「じゃあ、お水をいただきます」

「水分補給は大事だからな」

エンジンをかけた車の中で、ふたりはそれぞれペットボトルのキャップを開けた。

麦茶のボトルを口につけ、ごくごくと飲み干す彼の喉仏に目を奪われる。

嚥下のたび、上下する。

唯愛にはない、不思議なものだ。

横から見ても太陽の唇はきれいな形をしている。

——キス、してみたいなあ……

「どうした？」

キャップを開けておきながら、口をつけることなく彼の唇に見惚れている唯愛を疑問に思ったに違いない。

「星川さんって、飲み物をいつも一気に飲みますよね。それが、見応えあるなあって……！」

嘘ではないけれど、今考えていたのはそれでもない。

ただ、太陽が飲料を飲む姿が好きなのは事実だった。

「あー、それはたぶん現場にいたときの癖だな」

「現場、ですか？」

彼が星川建設の二代目社長だということは、唯愛ももちろん知っている。

さすがに結婚するからには、ある程度お互いの家のことは話していた。

だが、社長が現場に出ることなんてそんなにあるのか。

「高校生のころから、親父の会社でバイトしてたんだ」

「星川さんが？」

「そう。現場で力仕事をしていて、休憩になるとやかんの麦茶を一気飲みするのが気持ちよくてさ」

「すごい！　似合います！」

社長に向かって、現場仕事が似合うというのが適切かはわからない。

しかし、唯愛の脳裏にはタオルを頭に巻いた作業着姿の太陽がありありとイメージできていた。

あまりに力の入った声だったのか、太陽が小さく笑う。

「唯愛は、ほんとうに無邪気だよな」

「え、何がですか？」

「いや、素直っていうのかな。俺がどんな仕事をしていても、褒めてくれそうだ」

彼の人間性や、魅力的だと感じる部分に、仕事に真剣に取り組む面が含まれていないとは言わない。

けれど、なんの仕事をしていても星川太陽という人の価値に変化はないと唯愛は思う。

だから、職種の如何《いかん》によって判断することはないけれど――

「ダメですよ」

「ん？」

「どんな仕事でもいいってわけじゃないんです！　わたしだって、星川さんが危険な仕事に転職するといったら心配するし、止めます」

「現場の仕事は危険じゃないのか？」

「そういうことじゃなくて、社会的に危険な仕事です。たとえば、えーと、殺し屋とか！」

真剣に力説した。

少なくとも唯愛はそのつもりだったが、途端に太陽がこらえきれないとばかりに笑い出した。

――殺し屋は、なかったよね。転職できる仕事でもないだろうし……

自分の言っていることが脈絡からズレていると自覚はある。

それでも、そういう危険な仕事はしてほしくない。

「殺し屋な。まあ、今のところ転職予定はないから、安心しとけ」

飲み終えたペットボトルのラベルをビッと一気に剥がすと、ゴミを分けてダストボックスに捨てる。

彼のそういう丁寧なところも好きだ。

一見、ワイルドな雰囲気がある太陽だが、話してみると彼がとても細やかな人だと感じる。

たとえば食事のマナー、たとえばゴミの捨て方、たとえば結婚式では簡単に人前でキスしないところなどがそれに該当する。

「さて、そろそろ移動するか」

「はい。次はどこに行くんですか?」

「着付けだ」

「……着付け?」

唯愛が目を瞠ったのは言うまでもない。


「あらー、とってもお似合いですよ」

言われるまま、太陽に連れられてやってきたのはレンタル呉服屋だ。

一日レンタルを予約してくれていたらしく、唯愛はスタッフの勧めてくれる着物を着付けてもらった。

髪の毛もアップにしてもらい、鏡に映る自分は昨晩のホテルの浴衣姿ともまた違っている。

選んでもらった着物は、薄紅色に紫がかった縦のラインがランダムに入り、梅の枝が散りばめられた柄だ。

桃色と紫色の帯が、華やかさを足してくれる。

「きっと、旦那さんも惚れ直しますね」

「そ、そうでしょうか」

唯愛の頬が赤らむのを見て、壮年の女性スタッフが口に手を当てて笑う。

「ほんと、かわいらしい奥さん。新婚さんですか？」

「はい。わかります……？」

「ええ、ええ、わかりますよ」

店のエントランスに戻ると、先に着付けを終えていた太陽が待っている。

「！　星川さん、着物似合います……っ」

長身で筋肉質な太陽は、灰がかった茶色の着物姿だ。

姿勢がよく、色黒なため、どこかエキゾチックな印象がある。

――どこかの国の王子さまが、日本にまぎれこんでしまったみたい……

「そんなに勢い込んで言われるとは、まいったな。唯愛もよく似合ってる」

「あ、ありがとう、ございます」

相手に言うのはためらわないけれど、言われるとなんだか気恥ずかしい。

「十七時に着替えに戻ります。行ってきます」

太陽が店の人に声をかけて、唯愛の背を軽く手でうながす。

慣れない下駄につまずかないよう、気をつけて歩かなければ。


その後、大正時代に建てられた洋館を改築したカフェでランチを食べてから、ふたりはガラス工房を訪れた。

着付けをしてもらったときはあまり気にならなかったけれど、食事をすると帯がきつい。

あまり食べられなかったものの、もしかしたら和装でいたらダイエットになるかもしれない。

そんなことを考えながらガラス工房を見学し、販売コーナーにふたりで足を運ぶ。

近隣のほかの工房の作品も置かれていて、普段見ることのない寄木細工に思わず引き寄せられる。

ガラス工房の作品には、ペアになっているものも多い。

グラス、小鉢、徳利とお猪口のセット。

その中に、ガラスの箸置きが何種類もあった。

「これ、きれいですね。中に折り鶴が入ってます」

「ああ、こっちにはドーナツみたいなかたちのもあるぞ。これも中に鶴がいる」

「あ、ほんとですね。ドーナツ、かわいいです」

あれこれとふたりで眺めて、最終的にリング状の箸置きを色違いで選んだ。

太陽のは鮮やかな海を思わせるマリンブルーの折り鶴が入った、透明な箸置き。

唯愛の分には、春らしい若草色と桜色の二色の折り鶴のものを、ふたつ一緒に購入する。

「ふたつめ、ですね」

同じデザインのエンゲージリングに次いで、これがふたりのおそろいのふたつめだ。

「これから、もっといろいろ増えていくだろ」

「ふふ、そうだったら嬉しいです」

会計を終えてから、やはり父にここでお土産を買おうか迷いはじめる。

じつは、それほど歩いてもいないのに下駄の鼻緒が当たる部分が痛くなってきていた。

あまり歩数を増やしたくない気持ちと、先ほど見た寄木細工のオルゴールが気になる気持ちに懊悩し、唯愛は少しお土産を見てくると太陽に告げて、ひとりで店内に戻ることにした。

彼にはまだ言っていなかったけれど、両親の新婚旅行は箱根だった。

母が大切にしていた小箱が、寄木細工だったのだ。

――お父さんは、あまり小物入れみたいなのは使わない。だったら、オルゴールがいい。手のひらに載る程度の小ぶりな手回しオルゴールなら、病室でも置いて邪魔にはならないと思う。

じっくり選んでから、レジでお土産用の紙袋をつけてもらって太陽の待つ場所へ戻る。

――あれ、いない。

さっきまで彼が座っていたベンチは、人の姿がなかった。

もしかしたら、太陽も店内に戻っているのだろうか。

捜しに行くか考えて、唯愛はおとなしくベンチに腰を下ろす。

これでまたすれ違うのも困るし、足の痛みが増してきている。

「んー、下駄なんて履き慣れていないからなあ……」

下駄の鼻緒を、足の痛む部分から少しずらして待っていると、販売コーナーではなく工房の出入り口から太陽が姿を見せた。

「星川さん」

「すまない、待たせたな。買い物は終わったか?」

「終わりました。星川さんも、どこかに行ってたんですね」

彼の手に、土産物屋の紙袋があった。

「まあ、そうなる」

――なんだか、ヘンな言い方。どこに行っていたか、隠したいの?

「お土産ですか?」

「土産?」

眉根を寄せる太陽が、二度瞬きをした。

「ああ、土産といえば土産なのか。それより、足が痛いんじゃないのか？」

「えっ？」

突然言い当てられて、唯愛はびくっと肩を震わせる。

「無理はしないほうがいい。痛いなら、早めに切り上げてホテルに戻っても――」

「平気です。下駄に慣れていないから、歩き方が不自然なのかもしれません！」

まだ帰りたくない。

ただその気持ちだけで、唯愛は嘘をついた。

「ほんとうに？」

彼が腰をかがめて、唯愛の顔を覗き込んでくる。

「ほ、ほんとうですよ」

――近い、近いです、星川さん！

整った顔が近づいてきて、思わず恥ずかしさに目を背けてしまいそうになった。

でも、さすがに感じが悪い。

負けじと必死に彼の目を見つめ返すと、太陽のほうがふいと視線をそらす。

「それならいい。でも、無理はするなよ？」

「はい、もちろんです！」

元気よく立ち上がると、ずき、と足の親指と人差し指の内側が痛んだ。

けれど、このくらいならまだ大丈夫。

――がんばれ、わたしの足。

せっかくの新婚旅行なのだから、もっと彼と一緒にいろいろな場所を見たい。

唯愛は、さして頭がいいほうではないし、運動ができるほうでもない。

子どものころから褒められたのは、忍耐力だ。

この程度の痛みなら、まだ歩ける。

ふたりはその後、観光地となっている商店街へ向かった。

その場で焼いているカステラ生地のおまんじゅうを食べ、かまぼこ店では焼きかま串に舌鼓を打ち、太陽の仕事関係に配る土産を見繕っているうちに、十七時が近づいてくる。

――帰りたくないな。

とはいえ、そろそろ足の痛みも限界だ。

「そろそろ着物を返しにいくか」

「そうですね。もう時間ですから」

「だったら、気づいていないふりはここまでだ」

着物姿の太陽が、すっとしゃがむ。

唯愛の腹部あたりに頭が来たと思ったら、彼はそのまま太腿の裏に腕を回す。そして――

「え？　あ、きゃあっ」

次の瞬間、唯愛は太陽の右肩の上に抱き上げられていた。

米俵でも担ぐような格好だ。

映画で、消防士が救助者を運搬するときに、同じような持ち上げ方をしていたけれど、どうして自分が突然こんなことになっているのかわからない。

「あああ、あ、あの、星川さんっ？」

「気づいていないふりは終わりだって言っただろ」

「え……」

周囲の観光客たちが、それでなくとも長身の太陽が着物姿の唯愛を担いで歩く姿に注目している。

「足、痛いよな？」

「…………」

「無理するなって言っても、無理した唯愛が悪い」

「だ、だからって、こんな、自分で歩けます！」

「駄目だ。これ以上悪化したらどうする」

――せめて、もう少し目立たない運び方を！

そう思ってから、着物ではおんぶをしてもらうのも困難だと思い至る。

かといって、お姫さまのように横抱きというのも現実的ではなかった。

――つまり、人間をひとり運ぶにはこれがいちばん効率的ってこと……⁉

駐車場まで、唯愛はずっと彼の肩に担がれたまま、人々の視線を受け止めていた。

無事にレンタル呉服屋で着替えを済ませると、またしても先に着替え終わっていたらしい太陽が店のエントランスで腕組みをして立っている。

その表情は、仁王のようだ。

「あの、お待たせしました」

「足は？」

「大丈夫です。とりあえず、軽く洗わせてもらいました」

「つまり、血が出てるんだな」

「……少しですよ？」

「そこに座って」

「あの」

「座れ」

命令形で話しかけられたのは、初めてかもしれない。

彼を怒らせてしまった。

唯愛は、しゅんと肩を落として言われるまま、店のスツールに腰を下ろす。

フロアに片膝をついた太陽が、唯愛の両足から靴を脱がせてくれる。

横に置いた土産物屋の紙袋から、彼はさらに小さな袋を取り出した。

――ドラッグストアのマーク？　いつの間に？

靴下を脱がされ、マメがつぶれて血のにじむ足先をあらわにされる。

無言のまま、太陽は消毒液とコットンを取り出して唯愛の足に吹きかけた。

「っっ……！」

――し、しみる……！

「痛いだろうけど、少し我慢して。ほんと、こんなになるまで無理してたなら、もっと早く止めるべきだった」

「……ごめんなさい」

流れる消毒液をコットンで優しく拭き取り、滅菌ガーゼを当ててサージカルテープで固定してくれる。

手際の良い手当に、こんなときだというのに感動する。

太陽は、なんでもできる。

「謝るなら、自分の体に謝っておけ」

「はい……」

「ああ、違うな。別に俺は怒ってないから、俺に謝る必要はないってことだ」

——そうなの？　怒らせてしまったと思ったけど？

さっきは仁王に見えた太陽だけど、今の彼は落ち込んでいるようにも見える。

「唯愛が無理しているのに気づいていた。なのに、気づかないふりをすると決めた」

「はい」

「そのせいで、こんなにひどくなったなら俺のせいでもある」

「ち、違います！」

靴下を履かせてもらいながら、唯愛は大きい声で否定した。

「これはわたしが勝手に我慢したことで、星川さんは何も悪くないです！」

「気づいていたと言っただろ」

「でも、気づいていないふりをさせたのはわたしです」

「俺のほうが――」

そこに、ほかの客が着物を返すためにやってきた。

ふたりは同時に押し黙ると、靴を履いて店を出る。

「唯愛、おんぶと抱っこ、どっちがいい？」

ひどく悩ましい選択肢を提示され、唯愛はぶんぶんと首を横に振った。

「ひとりで歩けます」

「悪化したら困る」

「だ、だったら……！」

彼の筋肉質な腕に、そっと手をかける。

「腕を貸してください。それだけでじゅうぶんです」

「そう、か？」

「はい！」

さすがに、米俵や要救助者扱いをされるのは恥ずかしすぎた。

太陽が唯愛の荷物もすべて持ってくれて、駐車場までゆっくりゆっくり歩いていく。

——怒って、なかった。心配させちゃったんだ。

反省しつつも、唯愛にはわかっていた。

きっと同じ状況になったら、彼を困らせるとわかっていても、唯愛はまた痛くないと嘘をついてしまうだろう。

そのくらい、今日が楽しかった。

太陽と過ごす時間が、幸せだった。

運転席に乗り込んだ彼の横顔を、夕日が照らしている。

「あの、星川さん。今日はごめんなさい」

「その足じゃ、今夜は温泉もよくないかもしれないな」

「ええっ!?　ま、待ってください。見たと思いますけど、それほど傷はひどくないんです。だから、温泉は……！」

昨晩、部屋風呂を使ってしまった。

なので今夜こそ、空中庭園温泉とやらを堪能しようと思っていたのに。

「……っ、く、はは、はははは」

——ん？　なんで急に笑ってるの？

こちらに顔を向ける太陽が、大きな口を開けて笑っていた。

「そんなに必死になるとは思わなかった。温泉、楽しみにしてくれていたんだな」

「当たり前ですよ……」

「だが、露天までけっこう距離がある。ひとりで行かせるのは心配だから、俺が連れて行くってことでいいな？」

「お願いします」

「わかった。ホテルに帰ろう」

車は、夕日色の箱根を走り出す。

ここからホテルまでは、まだ時間がかかる。

ふたりは今日の楽しかったことを振り返りながら、尽きない会話を楽しんだ。

・……┃……・……┃……・

商店街で食べ歩きをしたから、もしかして夕食があまり入らないかもしれない――なんてことはなかった。

昨晩とは異なるメニューに、思わず目が釘付けになる。

地元の野菜をふんだんに使ったミジョテという洋風煮込み料理は、五臓六腑に染みわたる滋養の味がした。

ミジョテとはフランスの煮込み料理なのだと、料理をサーブしてくれたスタッフが教えてくれる。

今夜の肉料理は、黒毛和牛ロースのポワレだ。

表面はしっかり焼けているのに、中はじゅわりとジューシーなレアで、岩塩でいただく。

付け合わせの素揚げした野菜は、レンコンが花のように飾られて華やかさと軽やかさを感じさせた。

結局、お腹いっぱいになるまでしっかりディナーを堪能し、食休みをとらないと温泉には行けそうにない。

「昨晩と同じです。温泉が遠い……」

ベッドに寝転んだ唯愛の言葉に、太陽が困ったように笑う。

昨夜は、夕食前に部屋風呂を使ったのもあって、離れにある空中庭園温泉は利用しなかった。

――今夜こそは、せっかくの露天風呂に入りたいのに。

「おいしすぎるのが悪いんだな。まあ、俺は唯愛がうまそうに食べるのを見られて楽しい」

「そ、そんな食いしん坊みたいに言わなくても」

「誰だって、うまいものには逆らえない。気にしなくていいんじゃないか？」

「うう……」

だとしても、自分は少しおいしいものに弱すぎる。

「一時間くらい、ゆっくり休んでから行けばいいさ」

「寝落ちしたらどうするんですか？」

「起こすよ」

彼が、ベッドの上に手をついた。

「俺が起こすから心配するな」

「……信じます」

ふわりとやわらかな幸福を感じながら、唯愛はそのまま目を閉じた。

当然のように睡魔に魅入られている。

食べて寝るのはよくないとわかっているけれど、一日中遊んで疲れたのもあったのだろう。

太陽に起こされるまで、ぐっすり眠ってしまった。

――どうしよう、だって、わたしとそういうことをする気はなさそうだったのに⁉

食休みを終えたふたりは、もっとも空に近い場所にあるという空中庭園温泉へやってきていた。

「唯愛、入っていいか？」

「は、はいいっ」

景観を楽しむ余裕もなく、唯愛は温泉にざば、と鼻の上まで浸かる。

もともと、離れにある露天風呂に靴ずれをした唯愛をひとりで行かせない、と太陽が言ったことがきっかけだった。

往復の送り迎えをしてくれるものと勝手に思っていたけれど、彼は一緒に入浴する気だったのである。

露天風呂に新婚のふたりが仲良く浸かる。

決して悪いことではない。

なんなら、仲睦まじくほほえましい。

――でも、それは普通の新婚夫婦の話でしょ？　わたしたち、そういう関係にありませんよね？

彼の目の前で脱ぐのは無理だと必死に訴えた唯愛に、太陽は「先に脱衣所を使って、湯に浸かっていればいい」と平然と言い放った。

逃げられないと覚悟を決めて、露天風呂に入った唯愛だったが――

「ああ、いい景色だな」

シャワーで体を流してから湯船に脚を入れた太陽が、絶景を前に息を呑む。

「景色……」

緊張しきりで、何も見ていなかったことに今さら気づいた。

彼がせっかく選んでくれたホテルの、自慢の温泉だ。

唯愛も体勢を変えて、外が見える場所に体を起こした。

もちろん、肌は極力隠した格好である。

「ほんとう、すごい絶景ですね」

ひときわ高くなった場所に設置された屋根付きの温泉からは、星明かりに照らされた山のふもとまで見下ろせる。

いくつもの建物の明かりが小さく点滅していた。

「絶景、まさしくそう呼ぶのがふさわしい」

「はい」

湯の中で、ふたりの距離が近づいた。

肌が触れるほどではないけれど、湯けむりがあっても彼の顔がはっきり見える。

——星川さんの肌、日焼けしていてきれい。

焼けた肌は、温泉の湯すらも弾く。

今日、唯愛を担いでくれた首から肩にかけて僧帽筋《そうぼうきん》が張っている。

肩口の三角筋もしっかりと発達していて、彼のたくましさを物語っていた。

大胸筋に至っては、唯愛よりも巨乳なのではと思わなくもない。

——想像以上に、星川さんって体を鍛えているんだ。

彼の美しい体は長身であるだけではなく、日々の鍛錬によってできあがっている。

「星川さん、って」

「ん？」

「毎日筋トレしてるんですか？」

「……突然だな。まあ、してる。一緒に住むからには、そのあたりも気になって当然かもしれないが、自宅ではやっていないから心配しなくていい」

「心配はしてないです。あの、すごいなって思ったから」

「すごい？」

「はい。だって、毎日筋トレなんてわたし絶対できないです」

やらなければいけない、と自分で自覚できたら始めるかもしれないが、特に理由なく体を鍛えつづけるのは唯愛には無理だ。

テストや受験という目標があったからこそ、勉強だって取り組むことができた。

自分のために、自主的に苦行を選ぶストイックさはない。

「この間、荷物を運び入れるのにマンションに来ただろ？」

「行きました。広くて、とってもきれいなマンションでしたね」

「はは、気に入ってもらえたならよかった。うちのマンション、四階にトレーニングルームがあるんだ」

「トレーニング、ルーム？」

「マシントレーニングができる。だから、時間や音を気にせず、毎日トレーニングを続けられる。地下にはプールもあるから、唯愛も今度行くか？」

「プールなんて、とても見せられる体じゃありませんっ」

慌ててそう言ってから、自分がすでに全裸だということを思い出す。

――こんな立派な星川さんの隣に、筋力よわよわのわたしがいるの、絶対ほかの人から見たら違和感あるだろうし。

ぱしゃ、と小さく水音が跳ねた。

「誰に見せるんだ？」

「え、あ、あの」

太陽が、唯愛のそばまで移動してきている。

「誰って、プールの利用者さんとか……」

じりじりと追い詰められ、唯愛は湯船の縁に背中がぶつかるのを感じた。

これ以上、逃げ場はない。

「ほかの誰にも見せたくない」

「星川さん……？」

「唯愛は、俺の妻だろ」

大きくうなずくと、彼は濡れた前髪を手でかき上げる。

「一生、隣にいてもらう。嫌だと言ってもな」

「イヤだなんて、言いません」

彼が結婚してくれたことで、どれだけ父を安心させることができたか。

唯愛の感謝を、彼はまだわかっていないのかもしれない。

「へえ？」

「だ、だって、星川さんには心から感謝してるんです。こうして新婚旅行に来られたこともそうですし、父を気遣ってくださって、あの……」

「それから？」

彼の顔が近づいてくる。

このままだと、今日こそキスしてしまいそうで。

――どうしよう。わたし、顔、汗まみれだし……！

唇も、汗の味がするかもしれない。

「それから、結婚披露宴のときも親戚にいろいろしていただいて」

「どれも、唯愛の気持ちとは関係ない気がするけど？」

――わたしの気持ち？

ふたりの鼻先が、あと数センチで触れそうなところまで近づいている。

脳の処理が追いつかない。

なぜ彼は、急に迫ってきているのか。

「わ、わたしは、星川さんのこと……っ」

ずっと憧れていた。

ひそかに、彼が父のところに来るのを楽しみにしていた。

縁談が持ち上がってからは、会うたびにどんどん好きになっていって、この結婚を心から嬉しく思っていた。

けれど、そのどれも恋愛結婚ではないふたりの間で口に出していいことなのか悩ましい。

「俺のこと、何？」

「……っ、聞きたい、ですか？」

「聞きたい。唯愛、俺のことを――」

温泉で温まった彼の手が、唯愛の肩をつかむ。

感じる熱は、太陽のものか。自分のものか。

「わたし、ほんとうはずっと……」

「唯愛!?」

気づけば、頭の奥深いところまで熱で満ちている。

くらり、と視界が揺れた。

「唯愛、おい、唯愛！」

——ほんとうは、ずっとあなたに憧れていました。恋、していました……

・・・・・━・・・・・・・・・・━・・・・・

湯あたりした新妻に浴衣を着せ、太陽は彼女を抱いて客室までの道を歩く。

色白の肌が赤く火照った姿は、理性を総動員しても間に合わないほどに魅力的だった。

もともと、唯愛のことはかわいいと思っていた。

抱きしめたら折れてしまいそうな彼女。

野々田が大切に育ててきたのが、よくわかる。

「ん……」

やっと客室についてベッドに下ろすと、先ほど空中庭園温泉で見たときよりも肌の赤みが落ち着いてきていた。

——何か、飲み物を作っておくか。

部屋にはミニキッチンがあるので、果物を切るくらいは可能だ。

昨日、フロントでもらって冷蔵庫に入れておいたオレンジとレモンをスライスしながら、自分をクールダウンさせる。

あのまま唯愛のそばにいたら、きっと触れてしまったに違いない。

一度触れてしまえば、それだけで済まないことはわかっている。

――いつの間に、俺はこんなに唯愛のことを欲するようになったんだろうな。

この九年。

太陽は、急逝した父から継いだ会社のことで忙しく、ひたすら走り回っていた。

学生時代は恋人と呼べる存在もいたけれど、長く続いた相手はいない。たいていの女性は太陽の外見に惹かれて寄ってきた。日焼けした髪と肌は、遊び慣れた男に見えるらしい。

だが、実際のところ太陽の日焼けは父の会社の現場でバイトをした結果でしかない。

女性が好む遊びなんてわからないし、ましておしゃれなデートスポットのひとつも知らない。

男同士で遊ぶのなら話は早いが、どうやら女性はそれでは楽しくないらしい。

結果、「なんか思っていたのと違う」と不満を口にして、つきあった女性たちは去っていった。

こちらも来る者拒まずの姿勢だっただけで、彼女たちに対して特別な感情を持てずにいたのだから、自業自得なのだろう。

――唯愛は、違う。そもそも俺のことを、ちょうどいい結婚相手と考えてくれた。

会社を継いだあとは、学生時代とは違うタイプの女性たちが寄ってきた。

いわゆる社長という肩書を好む女性たち。

言葉だけでいえば、ちょうどいい結婚相手という言い回しには太陽の星川建設社長という部分が合致するように聞こえる。けれど、そうでないことは誰よりも自分が知っていた。

唯愛は父親を安心させるのにちょうどいい太陽を選んだのだ。

――純真すぎて、俺が男だってことも忘れてそうだけどな。

そばにいて、香りや気配で心が騒ぐ。

触れれば確実に劣情を催す。

現に先ほどは危険だった。

全裸の唯愛をタオルで拭いて、浴衣を着せる行為は、ある種拷問であり、同時に幸福の絶頂でもあった。

「――は、マジで俺をどうする気だ。うちのかわいい妻は」

「ほしかわ、さん……？」

ひとりごとに、彼女の声が重なる。

「唯愛、起きたのか？」

「わたし、どうして、ここ……ベッドですよね……？」

もぞりと体を起こした彼女が、当惑気味に太陽に目を向けてくる。

体を見られたことを知れば、きっと冷静ではいられないはずだ。

——とりあえず、落ち着いてくれ。俺は何もしていない。なるべく見ないようにした。

「喉、渇いてるだろ。飲み物を準備したから」

グラスにレモンとオレンジを入れたミネラルウォーターを注ぎ、彼女のところに運んでいく。

「あ、ありがとうございます。喉、渇きました」

両手でグラスを受け取って、彼女がごくごくと水を飲み干す。

「おかわり、いるか？」

「はい。いただきます」

ミニキッチンで二杯目を注いで戻ると、唯愛はベッドの上で頭を抱えていた。

「唯愛？」

「わ、わたし……、お風呂から記憶がないんですけど……」

「ああ」

「もしかして、この浴衣って……」

——俺が着せた。

「み……見たんですね!? 全部、見たんですねっ？」

「悪い。なるべく見ないようにはした」

「それはどういう意味ですか？ 見たくなかったってことですか!?」

見ても、見ないようにしても、問題があるらしい。

女心は複雑だ。

「そんなことは言ってない。唯愛が見られたくないだろうから、尊重したまでだ」

「……っ、それって星川さんは見なくてもよかったって意味、ですね。わたしの裸なんて、興味なくって……」

——どうしてそうなる？

本音を言えば、見たいに決まっている。だが、一方的に体だけ見たいのではない。

唯愛に求められた状態で、同意の上で彼女に触れたいのだ。

「俺は、唯愛が思うほど大人じゃない」

正しくは、彼女が思うほど枯れてはいないのだが、そこは言い方を考えた。

「わたしが子どもすぎるってこと、ですか……？」

「違う。触れたら何もしないでベッドに寝かせてやれないって意味だ」

無垢な唯愛が、怖がるかもしれない。

嫌がられるかもしれないし、拒絶されるかもしれない。

「それ、って……」

コン、と音を立ててグラスをサイドテーブルに置いた。

「興味ないわけないだろ。唯愛の体だ。見たいに決まってる」

「！　な、なんで、そんな急に」

彼女の瞳に、かすかな怯えが見える。

女として見てもらえないのは嫌で、同時に女として見られるのも怖いのだろう。

――だとしたら、俺の対応は大人げない。

もう少し落ち着いて話さなければと、太陽はベッドに座った。

「唯愛のことを子どもだとは思ってないからな。ちゃんと大人の女性として見てる。だから、唯愛は俺との結婚を受け入れてくれたんだろう？」

「受け入れた……？」

「ああ。お義父さんのためにな」

背中に、ことん、と何かが触れる。

彼女がひたいをつけたのだとわかって、心臓が苦しくなった。

「わたし、それだけで結婚なんてできません」

「そう、か」

「星川さんならって思ったんです」

今年、唯愛は二十三歳になる。

太陽が思うほど子どもではないのだが、それでも九歳下の彼女をいとけなく思うのは自分が悪いのだろうか。

「俺も同じだ。唯愛となら一緒に生きていけると思った。だから――もっと近づいてもいいのか？」

背後で息を呑む気配を感じた。

抱いてもいいか、とは言えなかった。もし彼女がこの結婚に負い目を感じているのなら、断れない。ほしいのは体だけではなく、唯愛の心だった。

「近づいて、もっと夫婦になりたいです」

「唯愛」

彼女のほうに体を向けると、唯愛が真っ赤な顔で必死に微笑む。

緊張しているのがありありと伝わってくる表情だ。

無理をしていると言ってもいい。

「ちょっと、うしろ向いてもらえるか？」

「はい」

ベッドの上で、唯愛が無防備にこちらに背を向ける。

太陽は、荷物から今日買ったばかりのものを取り出してベッドに戻った。

「ひゃっ」

首元に手を伸ばすと、彼女は驚いたように声をあげる。

細い首、薄い肩、線の細い唯愛は強く抱きしめたら壊れてしまうように違いない。

そう、思ってきたけれど——

「え、これ……、とんぼ玉？」

「ああ。お土産というのも変だろ？　一緒に来ている相手に買ったんだからな」

「わたしに、選んでくれたんですね」

「新婚旅行の記念というのもなんだけど、よかったらもらってくれ」

「……っ、嬉しいです！」

ぱっと振り返った彼女が、太陽の体に抱きついてくる。

やわらかな体の感触に、一瞬で脳まで血がのぼった。

「あの、星川さん」

「……ああ」

「わたしたち、今、近づけていますか？」

「そうだな」

「もっと、近づいてもいいですか？」

「なあ、意味わかって聞いてる？」

「……たぶん、はい」

「だったら、いいんだな」

太陽は、彼女の体をベッドに押し倒した。

第三章　ほんとうの夫婦になりたくて

仰向けになって見上げた太陽は、逃がさないとばかりに唯愛を目線ひとつで射貫いてしまう。

――心臓、痛い。こんなにドキドキしていたら、星川さんにバレちゃう……

大人の女性として見ている、と彼に言われたとき、悔しかった。

それなのに手を出してくれないのだとしたら、子ども扱いされているよりもなお悪い。

首元で、薄いブルーのとんぼ玉が揺れる。

彼が選んでくれた、プレゼントだ。

『お土産ですか？』

『土産？』

あのとき、奇妙な表情をしていたのはこれがプレゼントか土産か、きっと考えていたからに違いない。

青いガラスの中には、黄緑色の四つ葉のクローバーが閉じ込められている。

幸せをもらったのだと、思った。

彼がくれる幸せを、もっとほしいと願った。

そばにいられるだけで嬉しいと思っていたのに、気づけばどんどん貪欲になっていく。

唯愛の太腿を跨いで膝立ちになった太陽が、浴衣の帯をほどいた。

分厚い胸板があらわになり、目のやりどころがわからなくなる。

——わたしの夫がかっこよすぎます！　神さま！

「目、そらすなよ」

「あ……」

「唯愛、近づくってこういう意味で間違ってないんだよな？」

長い指が、頬に触れた。

それだけで、体がぴくっと震えてしまう。

「そ、そういう意味、です」

「つまり、唯愛のほうから誘ってくれたってことか」

「！　誘うって、それは……」

披露宴の夜も、昨晩も。

ほんとうは期待していた。

けれど、彼にはそういうつもりはないのだと、心のどこかで勝手に諦めていたのも事実だった。

「……かも」

「唯愛？」

「そうかも、しれません。だってわたし、星川さんと――」

彼の人差し指が、ぷに、と唯愛の唇に当てられた。

――星川さん？

「今から、名字で呼ぶの禁止な？」

「急に？」

「そう。とっくに唯愛も『星川さん』なんだから、おかしいだろ」

言われてみればそうだ。

だが、披露宴以前には一緒に住むまでそれでいいと言ってくれていたのに。

『唯愛に、星川さんって呼んでもらえるのも残りわずかだからな。その間、堪能するよ』

――んん？　つまり今はもう、一緒に住みはじめたと同じってこと？

「じゃあ、次で最後にします」

「ん？」

「星川さん、誓いのキスを今夜こそしてくれませんか……？」

彼の手をこちらからつかんで、懇願する。

ほしいものは、彼の愛情だった。

だが、今はこの行為が愛ではなく欲望だとしても構わない。

彼の目に、自分が女性として映っているのならば、それを体で知りたかった。

「ほんとう、唯愛はいい女だよ。俺にはもったいないくらいの」

ゆっくりと唇が近づいてくる。

目を閉じて、唯愛はその瞬間を待った。

――あれ？

けれど、待てどもキスは訪れない。

薄く目を開いた瞬間、目の前で太陽が待っていたとばかりに目を細めて甘やかな笑みを浮かべる。

「ん、んっ……！」

すぐさま、ふたりの唇が重なった。

キスは、唇と唇を触れ合わせるもの――だけではない。

「んぅ、う……」

――いきなり、食べるみたいなキス……！

ぬるりと舌が下唇を撫でたかと思えば、角度を変えて唯愛の唇を食《は》んでくる。

それまでの子どもっぽい恋を嘲笑うように、太陽のキスは野獣じみていた。

――なのに、どうして？

せつなさで胸が苦しくなる。

粗野に思わせながらも、どこか繊細に彼の舌が蠢く。

「唯愛、唯愛……」

名前を呼ぶ声は、愛しさを孕んでいるのだ。

自分が彼にとって、とても大切な存在だと勘違いしたくなるほど、甘い声。

甘くかすれて、苦しげなほどに優しく太陽が名前を呼ぶ。

「い、息、できな……」

「ほら、ちゃんと呼吸して。次は、舌入れるから」

「！」

にやりと故意犯《こいはん》の笑みを向けられ、唯愛は息を呑んだ。

太陽はぺろりと舌舐めずりをし、宣言の本気さを見せつけてくる。

今までずっと、キスすらしたことのないままの関係だったふたり。

――ほんとうに、わたしと……？

「キスだけで、もう蕩《とろ》けた顔してくれるんだな」

「だ、って、こんなの初めてで……」

「へえ？　だったら、もっと食べさせてもらおうか。唯愛の初めては、全部俺だけのものだ」

「ん、ぅ……っ」

熱い舌先が唇を割る。

ねっとりと絡みつく、大人のキス。

彼の乱れた浴衣に指を食い込ませ、唯愛は必死に追いつこうとしていた。

太陽の舌が、口腔で螺旋を描く。

口の中を誰かに直接触れられるなんて、覚えているかぎり初めての経験だ。

しかも、舌と舌を絡ませ合っているのだ。

——こんなに、情熱的なキスをしてもらえるだなんて思ってもみなかった。

たしかに彼は見た目こそワイルドだが、いつも紳士的でとても優しい。

今だって、貪るような口づけとは裏腹に太陽の手は優しく唯愛の髪を撫でてくれている。

「ひ、ぁッ……！」

彼の指先が、耳をかすめた。

ただそれだけの刺激なのに、自分でも信じられないくらい甘い声が漏れてしまった。

「ああ、耳も感じやすいんだな」

「か、感じ……っ!?」

「どこが感じるのか、今夜はじっくり確かめさせてもらう」

浴衣の合わせが左右に開かれ、裸体が夜気にさらされる。

「っっ……！　わ、わたし、下着……っ」

「悪いな。温泉で倒れたとき、下着まで着けてやる余裕がなかった」

裸に浴衣だけ着せられていたということだろう。

一瞬で胸から下腹部まであらわになって、唯愛は両手で胸元を隠そうとする。

「怖がらなくていい」

「ほしか……んっ」

呼びかけようとした唯愛に、彼がもう一度キスをした。

いや、今のはキスというよりも言葉を封じられたような気がする。

「名前で呼ぶんだろ？」

――そうだった！

「た……っ、太陽、さん……」

「ん。よくできました」

大きな手が、左右から乳房を持ち上げた。

薄く色づいた部分が、かすかに輪郭をはっきりとさせはじめている。

まだ触れられてもいないのに、胸の先が敏感になっているのを悟られてしまう。

「唯愛の体は、どこもかしこもやわらかいな」

「そ、んなの……普通です……」

「へえ？　そうなのか？」

ちゅ、と胸の先端にキスされる。

全身が粟立ち、閉じた膝にぎゅっと力を込めた。

「ここも？」

「っっ……、ぁ、や、太陽さん、そこは……っ」

「だんだん硬くなってきたが？」

二度、三度と彼が胸の中心にキスを落とす。

触れるだけだったキスが、唇で乳首のかたちをたしかめる動きに変わっていく。

やんわりと食まれると、腰が浮くほどの快感が全身を駆け巡った。

——何？　これ……

甘い刺激に翻弄されて、喉の奥が熱くなる。

息が上がるのを隠せない。

だが、それでも唯愛は声を必死にこらえていた。

「反対もかわいがってやらないとな」

「は、ぁ、何を……、あ、あっ！」

濡れた舌が、胸の先端を舐《ねぶ》った。

刹那、脳まで痺れるような刺激が全身を貫《つらぬ》く。

ぴちゃぴちゃと、子猫がミルクを舐めるように太陽は唯愛の乳首を舐めているのだ。

——もう、無理。声、我慢できない。

「ふっ……、ぁあ、あ、やだ、胸……っ」

「嫌なのか？　ほんとうに？」

「う……っ、き、もち、い……」

返事を確認した太陽が、舐めるだけでは足りないとばかりに乳暈ごと口の中に頬張る。

「ひ、ぁッ」

ぢゅう、と強く吸われて、唯愛は背中をそらした。

吸われる部分からは、何も出ない。

それなのに、執拗に吸われるたび、心が絞り出されていく。

「んっ、そんなに吸っちゃ、ダメぇ……」

「駄目じゃないだろ。初めてなら、準備しないと唯愛が傷つく」

「だ、だって、だって……」

――恥ずかしいのに、気持ちいい。もっとされたくなる。

しかし、初めてなのにそんなことを言ったら彼に嫌われてしまわないだろうか。

「ぁ、あッ……！」

屹立した部分に、軽く歯を立てられる。

痛いわけではないのに、全身がわなないた。

「太陽さん……っ、気持ちいい、です……っ」

「やっと素直になってくれた。嬉しいよ」

顔を上げた彼が、ゆっくりと体の位置をずらしていく。

「あの……、太陽さ……んっ⁉」

腹部にキスされ、唇で体の輪郭をたどりながら、彼が顔を鼠径部《そけいぶ》に寄せていくのがわかった。

それが何を意味するか。

わからないほど、唯愛だって子どもではない。

年齢相応に、男女が何をするかは知っているのだ。

――だからって、そんなところ……！

「ここを重点的に慣らさないと、俺のを受け入れられるとは思えない」

「つっ……！　だ、ったら……」

顔を横に背けて、唯愛は手の甲を口に当てた。

彼と結ばれたいと願ったのは自分のほうだ。

今さら、本気で拒む気はない。

「唯愛？」

「……して、ください。太陽さんに、わたしの体を慣らしてください……」

内腿に、彼の手が触れる。

膝を左右に割られたとき、唯愛は素直に脚を開いた。

今まで誰にも見せたことのない部分を、彼の前に無防備にさらすために。

——恥ずかしくて死んじゃいそう。お願い、見ないで。

「はは、唯愛はかわいいな。怖がりのくせに、俺に見られて感じてる」

「！　そ、そんなこと……っ」

「そんなことないって、言えるか？」

にちゅ、と音を立てて、彼の指が唯愛の柔肉を押し開いた。

奥に秘めた小さな蜜口が、とろりと濡れている。

彼を受け入れるための場所は、太陽の目にさらされてはしたなく口を開閉しているのだ。

そのたび、奥からあふれた媚蜜が、こぽりと流れる。

「……っ、太陽さんに、だけ」

「俺だけ？」

「してほしくて、なっちゃうんです」

「俺を煽《あお》ってどうするつもりだ？」

答えは、口に出さなくともお互いにわかっているだろう。

——抱いてほしいんです。

開いた間《あわい》に、彼が顔を寄せた。

鼻先が、慣れない花芽にかすめる。

「ぁ、あっ……！」

せつなく開閉する蜜口に、キスするときと同じく彼が唇を押し当てた。

そのまま、ちゅうっと吸い上げられると、しとどに蜜があふれかえる。

甘濡れの隘路《あいろ》が収斂《しゅうれん》し、未だ男を知らない体が打ち震えた。

「舌……っ、あ、あっ、入っちゃう……！」

「入れてるんだよ。唯愛の中まで、かわいがってやる」

やわらかく熱いものが、初めて唯愛の体の内側へ挿し込まれた。

浅瀬をちろちろと蠢いて、蜜口を内側から押し広げようとしている。

痛みはない。

ただ、純粋な快感だけが唯愛の体を支配していた。

「んっ、ぁ、あっ、そこ、いいの。いいっ」

「ここか？」

舌先が、濡襞を上にぐいと押し上げる。

「ひぁッ……ん！　そこ、ぉ……」

花芽の裏側に当たる部分をこすられると、腰ががくがくと震えた。

「舌じゃ物足りないか。もっと奥まで広げてやるよ。痛かったらちゃんと言うんだぞ？」

「っ、はい……、あ、あっ！」

彼の中指が、ずぷりと唯愛の体にめり込んできた。

舌とは違って、もっと芯の通った存在だ。

さらに奥へと唯愛の中を抉り、感じやすいところを探っては指を曲げる。

「ふっ、ぅ、んんッ……！」

「狭いな。俺の、挿《い》れたら壊れそうだ」

「そ……んな、困る……」

「ちゃんと慣らせば平気だよ。いい子で感じていて」

花芽に、彼の唇が触れた。

あっと思ったときには、もう遅い。

包皮を軽く吸って、舌先で隠れているつぶらな突起を探り当ててくる。

「ぁああッ、ぁ、や、そこ、ダメぇ……！」

これまでとは違う、神経に直接触れられるような刺激に、唯愛は泣きそうな声をあげた。

「感じすぎてつらい？」

彼の恥ずかしい問いにすら、ただ首を縦に振るしかできない。

ねっとりと舐め上げられると、腰から下が溶けてしまう錯覚に陥《おちい》った。

「もっと濡らして、楽にしてあげる」

「太陽さん、んっ……」

「力を抜いて、唯愛」

花芽を唇と舌であやされている間も、いつしか二本に増えた指が狭隘な蜜路を往復している。

同時に外と中からの快楽を与えられて、唯愛は息をつく暇もない。

ベッドの上でしどけなく白い手足を泳がせ、初めての感覚に必死ですがりつく。

シーツに爪を立てては、腰から湧き上がるどうしようもないほどの快感に体を震わせた。

「は、ぁ、あ、そこ、おかしくなっちゃう……」

「いいよ。いくらでも感じて」

「でも……っ、ぁ、ああ、やっ……」

剥き出しになった花芽に、彼の唾液がたっぷりとまぶされている。

そこを舌でちろちろといじられると、こらえきれない悦びが体中を駆け巡った。

──何か、来ちゃう。ダメ、このままじゃ、わたし……

蜜口のひくつきが激しくなり、膝がガクガクと小刻みに震える。

痛いほどの悦楽に、唯愛は大きく息を吸う。

同時に、今にも果ててしまいそうな唯愛に気づいているのか、太陽が強く花芽を吸い上げた。

「ひっ、ぁ！　あ、ああっ、あ、ダメ、来る、ヘンなの、わたし、あああ、あ！」

ぢゅううぅ、と音を立てて最も感じる部分を責め立てられ、つま先が空中を掻く。

次の瞬間、全身がピンと突っ張り、頭の中で白い光が爆ぜた。

――何、これ……？　わたし、もしかしてイッちゃったの……？

肩で息をする唯愛の脚の間から、彼が顔を上げる。

「唯愛、イケたみたいだな」

「イッ……」

――これが、イクってこと。

強すぎる快感に、唯愛はただベッドの上に四肢を投げ出す。

まだ腰の奥で甘い余韻が続いていた。

彼の指をきつく絞り上げて、濡れた粘膜がせつなく蠕動《ぜんどう》している。

「もう一回、イク声を聞かせて」

「え……、あ、あっ、太陽さん……!?」

今度は、指を奥まで突き入れたまま、親指で花芽を転がされた。

初めて達したばかりの体は、彼の愛撫に翻弄されるばかりだ。

「や……っ、まだ、イッたばっかなのに……っ」

「連続して感じる練習もしておこう」

「そんなぁ……！　あ、あっ、うう……」

ふたりの肌が、汗ばんでいく。

唯愛はシーツの上でもがきながら、彼の与える快楽を教え込まれる。

それから二回、指と舌と唇でイカされてしまった。

もう指一本すら動かせない。

枕の上に髪を波打たせて、唯愛は涙目で太陽を見上げる。

「も……お願い、です……」

「やめてほしい？」

そうではない。

これ以上焦らされたら、限界だ。

彼がほしくて、体中が狂おしいほど敏感になっている。

「太陽さん、が……」

「俺が？」

「つっ……、ほしくて、おかしくなっちゃう……」

彼の下腹部で、ボクサーパンツを押し上げるものがさらにぐっと力強く跳ねた。

「こっちのほうがもう限界だ。唯愛を食べてもいいか？」

「食べて……！」

太陽が下着をずらすと、猛る劣情が待ちきれないとばかりに姿を現す。

先端が大きく膨らんだそれは、唯愛が想像していたより遥かに大きく、太く、長い。

——嘘、こんなに……？

ほんとうに、あのサイズのものが自分の中に入るのだろうか。

「だったら、遠慮なくいただく」

「太陽さん……！」

濡れた蜜口に、彼の切っ先が宛てがわれる。

ぬちゅ、と濡れた音がした。

亀頭が柔肉の内側をこする。

蜜口に軽くめり込んでは、にゅぽん、と音を立てて花芽に先端が引っかかった。

「あ、あっ！」

彼は無言で、せつなげな吐息を吐く。

うまく入らないのだろうかと、不安な気持ちで目を閉じた。

「んっ……」

けれど、太陽は何度も蜜口付近を亀頭でこするばかりで、一向にその先へ進まない。

——どうして……？

薄目を開けると、太陽がじっとこちらを凝視している。

「あの……入らない、ですか……？」

「唯愛の表情がかわいくて」

ふ、と彼がやわらかに微笑んだ。

「それに、さっきの勢いで挿《い》れたら優しくできないのがわかってたからな」

「……いい、です」

優しくしてくれなくても、構わない。

体中が太陽を求めていた。

彼がほしくて、涙がにじむ。

焦らされている間に回復した体力を振り絞って、唯愛は両腕で太陽に抱きついた。

ぎゅう、としがみついて、彼の肩口に顔を埋める。

「唯愛」

「優しくなくても、いい。太陽さんとひとつになりたいんです」

「……奇遇だな。俺も、同じ気持ちだ。ただし優しくしたい」

ぬぷ、と亀頭が浅瀬まで割り込んでくる。

体を内側から押し広げられる感覚に、ひゅう、と喉が鳴った。

——脈打ってる、の?

どくん、どくん、と隘路で脈動を感じる。

これは彼から伝わってきているのか、それとも自分の脈なのか。

密着したせつなる部分は、どちらのものかわからない脈動にわなないている。

「痛くないか？」

唯愛は無言で首肯した。

痛みよりも、最奥がもどかしさに疼《うず》いている。

「ゆっくり、挿れるからな」

「ん、はい……」

亀頭のくびれ部分まで蜜口に埋め込まれて、唯愛は浅い呼吸を繰り返す。

とろとろに濡れた柔肉が、彼の太幹を包み込んだ。

「ここ、だろ？」

指で探り当てられた感じる部分を、張り詰めた亀頭がぐっと押し込んでくる。

「っっ……ぁ、あ、あっ、そこ、待って」

「待たない」

上側を切っ先でこすり上げ、太陽が腰を揺らした。

「ひぁッ、ぁああ、あ、何……っ!?」

舌とも指とも違う。

これまでに感じたことのない何かが、唯愛の体をこわばらせる。

「まだ全部挿れてないのに、そんなに締めるなよ」

太陽の声が、ひどくかすれていた。

彼は前髪を手で払い、ひたいの汗を軽く拭う。

「もう少し緩めてもらわないと、奥まで行けそうにない」

「ゆるめる、って……？」

長い指が、唯愛の左乳首をきゅっとつまみ上げた。

同時に、右側には唇が覆いかぶさってくる。

「あ、あっ……!?」

目を瞠り、左右同時に与えられる甘い予感に唯愛は白い喉をそらした。

自分でも、隘路がわななくのがわかる。

太陽は舌と指で乳首を転がしながら、唯愛の蜜口のひくつきに合わせて、少しずつ腰を進めてきた。

キスのときにも思ったけれど、自分の中に他者が入ってくるだなんて、普段ならありえない。

——太陽さんのが、わたしの中に、入ってきてる。

「んっ……、ふ、ぁ、ああ、あ、っ……」

血管の浮いた猛々しい劣情が、奥へ奥へと唯愛を穿《うが》つ。

これでは生殺しだ、と思った。

焦れったいほどの動きで、彼は数ミリずつ唯愛を奪っていく。

いっそ、ひと息に奥まで突き上げてほしいのに。

「太陽さ……、ぁあ、お願い、もぉ、奥まで来て……」

「無理するな。慣らしても、唯愛の中はずいぶん狭いんだ」

「やだ、もぉムリだから。早く、いっぱいにして。太陽さんで、いっぱいになりたいの」

「まったく」

体を起こした彼は、唯愛をぎゅっと抱きしめた。

「後悔しても知らないからな？」

――後悔なんて、しない。わたしは太陽さんが好きなんだから。

「こっち。首に腕回して」

「こう、ですか？」

「ああ。そのまま――」

ずぷ、と彼のものが最奥まで一気に突き上げられた。

「っっ……、はっ……」

息ができない。

衝撃に、唯愛は彼の首にしがみつく。

「ぜ、んぶ……？」

――全部、入った？

はあ、と大きく息を吐いた太陽が「まだだな」と笑う。

すでに唯愛としては、奥深いところまで彼を受け入れているのだが、これでもまだなのか。

「これ以上はつらいだろうし、ここまででじゅうぶんだ」

「や……！　やめないでください」

「誰がやめてやるって言った？　全部挿れなくたって、唯愛を抱くにはじゅうぶんなんだよ」

言うが早いか、太陽が腰を揺らしはじめる。

子宮口にめり込むほど、彼の亀頭が奥深く突き刺さっていた。

これで、まだ全部入っていないだなんて信じられない。

「っ、ん、あ、あっ」

奥を突き上げられるたび、短い嬌声が漏れる。

張り詰めた亀頭は、そのくびれ部分で唯愛の粘膜をぞりぞりと責め立てた。

「このあたりか？」

腰を止めることなく、太陽が腹部を手のひらでなぞる。

「や、ぁッ……！」

体の外側から、彼の劣情を受け入れる部分を撫でられて、唯愛は反射的に腰を引いた。

しかし、彼がそれを許すはずもない。

腰をぐいと引き寄せられ、腹部を手のひらで軽く押される。

「っっ……！　ひ、っ……」

つながる部分が性感帯だということは、唯愛でもわかる。

ほかにも、耳やうなじ、脇腹など、触れられると甘い予感が湧き立つ部分はいくつかあった。

だが、腹の上から押されるだけで快感が倍増するだなんて。

「それ、待っ……、あ、あっ、おかしくなる……ッ」

「なれよ。俺はもうとっくに、唯愛に狂ってる」

「んんっ……！　は、ぁあっ、あ」

気づけば、唯愛は自分から腰を振っていた。

ふたりの動きが、次第に噛み合っていく。

「唯愛、舌出して」

「……っ、ぁ、あ……」

もう何も考えられない。

初めては、ただ痛いものだと想像していた。

けれど、こんなのは痛みよりも快感が強すぎる。

言われるままに、おずおずと舌を出す。

すると食べ尽くす勢いで、太陽がキスしてきた。

舌を絡めて、体中でつながっていく。

それまでよりも、律動の速度が上がった。

「っっ……、ん、んっ……！」

体中、どこもかしこもおかしいくらいに感じている。

全身で太陽を感じようと、神経が鋭敏になっていく。

「甘い、な」

キスの合間に、彼がハスキーな声でささやいた。

「んぁッ、ぁ、奥、まで……っ」

「ああ、当たってる。いちばん奥で出してやるよ」

「たいよ……さ……っ、ぁ、あっ、中に……っ」

「当たり前だろ？　俺たちは新婚なんだからな」

加速度を増して、太陽が唯愛を突き上げた。

どちらのものかわからない体液で、ふたりの粘膜は濡れている。

ばちゅっ、ばちゅっとはしたない打擲《ちょうちゃく》音が鼓膜を揺らし、脳天まで快感で貫かれていく。

激しいキスに、隘路がきゅうとせつなく引き絞られた。

「はっ……、出る、中に出させて、唯愛」

「ん、んんっ、ん、く……ッ」

「唯愛、唯愛……っ！」

子宮口を斜めに押し上げる亀頭が、大きく身震いする。

その次の瞬間、彼の切っ先から熱い白濁が噴き出してきた。

びゅく、びゅるる、と唯愛の中を満たして、太陽が遂情しているのだ。

「ぁ……、あ……」

中に、出ている。

「は……、まだ、止まれない……」

吐精の最中も、彼は腰を動かしつづける。

隘路に吐き出したものを塗り込むように、何度も何度も——

・……━……・……━……・

午前二時を過ぎて、太陽はひとり、ミニキッチンに立っていた。

——俺は獣《けもの》か？　待つと決めていたくせに、どうして手を出した？

ウイスキーを注いだグラスを片手に、大きくため息をつく。

わかっている。

かわいい唯愛に誘われて、手を出さずにいられるわけがなかった。

だが、その行為を彼女のせいだと言うつもりは毛頭ない。

彼女を抱きたいと切望していたのは、自分のほうだ。

結局、自分の我慢が足りなかった。

それどころか、欲望のままに三回も抱いてしまったのだ。

——初めてだってわかっていただろ？　それなのに、三回ってどういうことだ。

なんなら、まだ抱き足りない。

そう思ってから、半勃ちの下腹部を目にしてもう一度息を吐く。

三十分ほど前、限界を迎えた唯愛は行為の最中で意識を失った。

初回で抱き潰してしまうほど、太陽はずっとこの日を待っていたとも言える。

けれど、やはりこれはあまりに理性を失った行動だった。

唯愛だって健康な成人女性である。

結婚したからには、そういう行為に興味を持ってもおかしくない。

女性にだって性欲があるのも当然なのだ。

それでもなお、悔やむ気持ちがあるのは、彼女が自分と同じ気持ちで抱かれたとは思えないからである。

唯愛は病気の父親を安心させたいがゆえに、結婚を決めた。

もちろん、結婚相手としてほかの男ではなく自分を選んでくれたことには心から感謝している。

——俺みたいな歳も離れて繊細さのかけらもない男は、好みじゃないだろうに。

それでも自分を選んでくれた。

だからこそ、時間をかけていこうと思っていたのではなかったか？

少しずつ夫婦になっていけると、信じていたのはどこの誰だ。

――大事にしたい。愛しているから、守りたい。永遠に。そう思っていたのに、三回とは……。

そばにいる時間が長くなるほど、唯愛への想いは募っていく。

彼女は怖がっていなかっただろうか。

それでなくとも唯愛は小柄だ。

太陽にのしかかられては、逃げられやしない。

――次こそ、唯愛を怖がらせない。優しくする。しばらくは東京に戻っても、手を出さない方向で尽力しよう。

そう決意するも、唯愛がかわいくてたまらない気持ちは、収まるどころか増している。

彼女は太陽のことを大人だと思っていた。

その気持ちを裏切ってしまったのかもしれない。

そもそも、最初から彼女を好ましく思っていたのだ。

婚姻届を昨年のうちに出そうと提案したのも、ほかの男にとられたくなかったからである。

あの時点では、唯愛はまだ就職活動をしていた。

行く先々でほかの男が彼女と出会うのを阻止したかったといえば、あまりに独善的だろうか。

結婚は、ある種の束縛だ。

唯愛には結婚せずに就職する道だってあった。

それを、金の力にものを言わせて、父親のために時間を使えばいいと提案したのも自分である。

彼女の未来を制限したからには、なんとしても幸せにする義務が――と考えてから、あまりのエゴに失笑した。

――ほしかったのは、彼女を幸せにする権利だった。

逆説的に、自分に義務があるなんて思って正当化しようとしている。

だが、どうだっていい。

唯愛がそばにいてくれる。その事実だけで、じゅうぶん太陽は幸せなのだから。

――とにかく、彼女の幸せのためには、心だ。体ばかりではなく、心を通わせなければ。

それはそれとして、唯愛の寝顔がかわいすぎるのはどうしたらいいのか。

ここ数日、彼女の寝顔を前に写真を撮りたい気持ちを必死でこらえている。

寝姿を勝手に撮影されるのは、気分が悪いと言われても仕方のないことだ。

――ただ、あまりにかわいすぎる。どうしようもなくかわいい。

今夜三度目のため息をついて、太陽はグラスのウイスキーをひと息にあおった。

新婚旅行最後の夜は、幸福をたっぷりと含んで更けていく。

・……┃……・……┃……・

東京へ戻ってからは、太陽のマンションで暮らす生活が始まった。

父の入院手続きも済み、ついに唯愛の実家は人のいない家になってしまった。

「それじゃ、行ってくる」

暦よりも早く夏物のスーツに身を包んだ太陽が、玄関に立つ。

「いってらっしゃい。あ、今日は父の病院に行ってきます。太陽さんが帰るまでには戻っていると思います」

「そうか。お義父さんによろしく伝えてくれ。俺も近いうちに顔を出す」

「わかりました」

行ってきますのキス——なんてないけれど、彼が唯愛と唯愛の大切な人を守ろうとしてくれているのは、ちゃんと伝わってきていた。

ゴールデンウィーク前だというのに、東京は早くも熱中症対策が叫ばれている。

気温は連日、二十五度を超えていた。

太陽が出社して、広いマンションにひとりになると、少しだけ手持ち無沙汰になる。

——少し早めに行こうかな。

観葉植物に水をやりながら、唯愛は父に買ったお土産を思い出す。

寄木細工の小さなオルゴール。

父は、喜んでくれるだろうか。

新しい生活が始まって、大好きな彼と暮らせることを嬉しく思う。

だが、それと同時に父を思うと胸が苦しい。

入院してから、通院では行えなかった治療をするかどうか、父は悩んでいる。

積極的な治療をしても、手術ができないため根治は見込めない。

いずれ訪れる終末期を知りながら、苦しい副作用と戦うべきなのか。

一度、その件について話し合いをしたけれど、父は自分の意志を尊重してほしいと言っていた。

つまり、今のところ唯愛は父の治療方針について詳しいことを知らない。

死は等しく誰にも訪れる。

けれど、その日がいつなのかは、誰にもわからない。

――ダメ、暗い顔をしていたらお父さんを心配させちゃう。ちゃんと笑顔でいなくちゃ。

治る病でないとしても、まだ父は生きている。

少しでも長く、幸せに生きてほしい。

別れのときに心配をかけないよう、元気な自分を見ていてほしい。

準備をして、唯愛は家を出る。

四月の東京は、抜けるような青空が広がっていた。


「へえ、驚いた。今はずいぶんモダンなホテルがあるもんだ」

箱根で滞在した客室の写真を見せると、父は驚いた様子で目を丸くした。

「お父さんとお母さんが新婚旅行に行ったときは、もっと地味な和室ばかりだったなあ」

「そうなの？　でも、箱根って昔から温泉地で有名じゃない？」

明るい光の入る病室は、太陽が取り計らってくれた個室だ。

この病院は、星川家の遠縁が経営している。

新居から電車一本で来られる場所にあるため、運転免許を持たない唯愛でも通いやすい。

「そりゃそうさ。有名ではあったけれど、当時だって若い夫婦が新婚旅行に選ぶ場所じゃないと周囲から揶揄されたもんだ」

「そうだったんだ」

「でも、母さんは箱根に行ったことがないから行きたいって言ってくれてね。まあ、考えてみれば父さんの財布事情を心配してくれたんだろう」

入院着の父は、病院に入ってから血色がよくなったように思う。

本来、入院治療を勧められていたのに、無理をして自宅に住んでいたのだ。

こうして生活の負担なく治療と療養に専念できるだけでも、ずいぶん楽になっているのかもしれない。

「裕福じゃなかったかもしれないけれど、とても思い出深い新婚旅行だったよ」

「うん」

「まさか娘まで同じ箱根に新婚旅行に行くとは、母さんも想像しなかっただろうねえ」

「ふふ、そうかも。あ、そうだ。これ、お父さんにお土産」

紙袋を差し出すと、父が嬉しそうな笑顔で受け取ってくれた。

「土産か。なんだろうなあ」

ゆっくりと包装を剥がしていく父の手は、節が目立つ。

昔にくらべると、ずいぶん小さくなった。

子どものころは、よく肩車をしてもらったけれど、今の父からは想像できない。

「おや、寄木細工だね」

「そうなの。お母さんの小物入れを思い出して、これにしてみた」

「手回しオルゴールか。どれ、ちょっと鳴らしてみよう」

親指と人差し指で金属製のハンドルをつまみ、父がゆっくりとオルゴールを鳴らす。

聞こえてくるのは、誰もが知るクラシック曲のワンフレーズだ。

「オルゴールなんて長らく聞いた覚えがなかったけれど、なんだか落ち着くものだ」

「わかる。わたしもそう思った」

「ありがとうな、唯愛」

「ううん」

ほんとうは、新婚旅行を渋っていた。

父のことが心配で海外なんて行けないと思っていた唯愛に、自家用車で行ける場所を考えてくれたのは太陽だ。

「唯愛が星川さんと結婚したのは、僥倖《ぎょうこう》だったなあ」

「僥倖って、お父さん大袈裟だよ」

「何言ってるんだ。父さんのことまで気にかけてくれて、国内旅行で何かあれば日帰りできる場所を考えていてくれたんだぞ」

——え？　お父さんも、その経緯を知っているの？

驚いたのが顔に出ていたのだろう。

父は目尻に優しい笑みをにじませて、うなずいてみせる。

「どこがいいか、相談に来てくれてね。父さんと母さんの新婚旅行が箱根だったと聞くと、星川さんはそれなら車で往復できる、と言っていたんだ」

「知ってて、選んでくれたってこと？」

「そうだよ。唯愛は知らなかったのかい？」

唯愛が思うよりも、彼はずっと優しい人だ。

相手の大切にするものを、一緒に守っていこうとしてくれる。

「太陽さん、わたしには何も言わなかったから」

「ははあ、それはきっと唯愛を驚かせたかったんだろうね。唯愛の喜ぶ顔を見たいと思ってくれているんだろう」

「……そう、なのかな」

「そうに決まっているさ。だから、海外から医者を——」

「え？　海外からって、何？」

初耳の話だった。

今の流れだと、父のために太陽が海外から医師を呼んでくれたように思う。

——もしかして、お父さんの手術をできるお医者さんを見つけたの？

「いや、気にしなくていい。そういう話もあったけれど、父さんは無理な手術をしたいわけじゃないんだ」

「どうして？　太陽さんが手術を受けられるようにしてくれるって話じゃないの？」

「今のままでは、どの道難しいんだよ。まずは腫瘍《しゅよう》が小さくならないと」

「つまり、薬で腫瘍を小さくしたら手術ができるの？」

父は黙して語らず。

ただ、困ったように微笑んでいた。

電車に揺られる帰り道で、唯愛は車窓からの景色を見るともなしに見ている。

箱根を新婚旅行先に選んでくれたことも、父の入院に手を尽くしてくれたことも、そして海外から手術のできる医師を手配しようとしてくれたことも――

彼には、感謝してもし足りない。

――帰ったら、太陽さんにお礼を……

いつも唯愛のためにいろいろ考えてくれている太陽に、感謝の気持ちを伝えたかった。

だが、直接言ったらきっと彼は「なんてことない」と少し目を細めておしまいだ。

思いやりがあって、謙虚な人。

――それだけじゃ、足りないよ。もっと太陽さんにも喜んでもらえる何かをしたい。

残念なことに、唯愛には彼のためにできるサプライズがぱっと思い浮かばなかった。

そもそも、こんなにたくさん助けてもらって、簡単に返せるわけがないのだ。

特別なお返しが無理なら、日常の何かはどうだろう。

太陽が好むもの――と考えたときに、彼は唯愛の作る家庭料理を思いのほか好んでくれていることを思い出した。

父と家事を分担してきたから、ひと通りの料理はできる。

そうはいっても、ごく普通の家庭料理だ。

『そういうのがうまいんだ。外食じゃ食べられないものばかりだからな』

高級レストランに慣れているだろうに、太陽はそう言っていつもごはんをおかわりしてくれる。

ごく一般的な、肉じゃがや野菜炒め、コロッケ、八宝菜、カレー。

——でも、いつものごはんがお礼じゃあまりに味気ないし……

電車が最寄り駅に近づいてきたとき、窓の外にお弁当屋さんの大きな看板が見えた。

「あっ！」

思わず声を出してしまい、周囲の人たちがこちらに注目する。

唯愛はうつむいて肩をすくめた。

——そうだ。お弁当だ。お弁当を作ってわたすのはどうかな。太陽さんの好きなおかずをたくさん詰めるの。それなら、喜んでくれるかもしれない！

駅に着くと、唯愛は自宅に帰る前にお弁当のおかずとお弁当箱を購入した。

これなら、早速明日にでも作ることができる。

——太陽さん、喜んでくれるかな。これでまたひとつ、夫婦らしくなれるといいな。

新婚旅行の最終日、ふたりは初めて結ばれた。

唯愛は、そのことがただ嬉しかったけれど、もしかしたら彼はそういう関係を望んでいないのかもしれない。

あれ以来、二度目の夜は今のところ訪れていなかった。

・・・・・┃・・・・・・・・・・┃・・・・・

「社長、今日の昼食はどうされますか？」

秘書の高柳《たかやなぎ》に尋ねられて、太陽はにんまりと笑みを浮かべた。

世に秘書と呼ばれる存在はたくさんいるが、星川建設の社長秘書は父の代から長く働いている男性である。

年齢的には、太陽より十八歳上で兄というよりは父に近い世代だ。

「無言で笑いかけられると、妙にぞっといたしますが」

「今のは余裕の笑みだ」

「そうですか。では、いつものざる蕎麦《そば》でよろしゅうございますね」

「そうじゃない。今日は、愛妻弁当を持参している」

「はあ」

これまで九年間。

高柳と働くようになってから、弁当を持ってくるのは初めての出来事だ。

新婚なのだから、そういうこともあっておかしくないと思いつつ、呆けた顔をしている秘書が珍しい。

「せっかく弁当だからな、休憩も兼ねて浜崎《はまさき》さんの現場に行ってくる」

「ではお車を回しておきます」

「ああ、頼む」

高校、大学とアルバイトとして現場作業に勤しんできた太陽は、今でも週に一度か二度は、現場に顔を出す。

たまに差し入れを持って出向くことがあるため、現場の若い者たちからも歓迎される。

——昔、父もそうしていた。

弁当屋で唐揚げ弁当を三十個も注文し、作業員たちに食べさせるような人だった。

余った分は金欠の若手に持ち帰らせるから、多いくらいでちょうどいい。

そんなふうに笑っていたのをよく覚えている。

車で片道十分ほどの現場に到着すると、顔なじみのアルバイトが「お疲れさまです！」と声をかけてきた。

「社長、もしかして差し入れスか？」

「弁当と飲み物を買ってきた」

「やった！　オレ、今週マジで金なくて助かります！」

「浜崎さんは？」

「あっ、呼んでくるっス」

道中買ってきた弁当とペットボトルの飲料を地面に置くと、腕時計を確認する。

ちょうどこれから昼休みの時間だ。

「なんだ、若社長、また来たのか」

バイトに呼ばれて建設中の足場から、現場監督の浜崎が出てきた。

「お疲れさまです。昼、ご一緒しようかと」

「ったく、所帯を持って大人になったかと思ったが、若社長は昔から変わんねえな」

この浜崎という男は、太陽が高校生のときにアルバイトで世話になった人物である。

現場が好きで、出世を断るという変人でも有名だ。

五十近くなった今も、星川建設では誰もが一目置く施工管理技士《せこうかんりぎし》、それが浜崎だった。

「タケ、社長が弁当買ってきてくれたから、みんなに昼にするぞって声かけてこい」

「うす！　ごちそうになります！」

先ほどのバイト青年が、働いている職人たちのもとへ駆けていく。

「それで？　野々田さんの体調はどうなんだ」

野々田工務店の仕事を星川建設で引き継いだこともあって、古参の浜崎は事情を知っている。

もとより地元では野々田工務店は評判のいい店だ。

星川建設から外注で仕事を頼むこともあった。

「今は入院して、治療方針を検討中です」

「そうか。あそこは地元の工務店の中でも、特にいい店だった。店をたたむと聞いたときは、寂しい気持ちになったもんだ」

黒々と焼けた顔の中で、眼球と歯だけが白い。

長年現場にいる人間はたいていが浜崎と同じように日焼けしている。

太陽なんて、まだまだ生っ白いと言われるほどだ。

「野々田さんから引き継いだ案件で手が足りないときは、いつでも声かけてくれ」

「わかりました。ありがとうございます」

「まあ、若社長の新妻の父だもんな。それで、新婚旅行はどうだった？」

「ははは、そりゃ楽しかったに決まってるじゃありませんか」

「のろけるねえ」

浜崎と話している間に、ひとりふたりと、作業を中断した者が集まってくる。

若手に頼んで弁当と飲み物を配ってもらい、処分予定の廃材に腰を下ろして弁当を取り出した。

朝、唯愛が「よかったら食べてください」とわたしてくれたものだ。

「あれ？　社長は自前スか？」

「ああ。妻が作ってくれたらしくてな」

人ごとのように言ってはいるが、本心は自慢したくてたまらない。

うちの妻、最高！

かわいすぎて寝顔から目が離せない！

——とは、さすがに人前で言うわけにはいかないだろう。社長の威厳がなくなる。

社長でなくとも、太陽の性格的に人前でその手の話はしない。

絶対に口に出さないタイプだからこそ、たまに誰かに言いたくなっても言うタイミングがわからなかった。

——さて、唯愛の作ってくれた弁当は……

左右のストッパーをはずして、パカッとふたを開ける。

「っっ……！」

ぱっと目に入るのは、赤いプチトマト。

カラフルなピックを刺してあるが、それだけではない。

真ん中をカットしてチーズをはさんである。カプレーゼ風なのだろう。

次いで、鮮やかな緑色のアスパラガスのベーコン巻き、黄色は美しい層を成した卵焼き、マカロニポテトサラダにはパプリカパウダーとパセリがあしらわれ、端一列にからあげが四個も並んでいる。

下の段には、紅生姜《べにしょうが》と枝豆の混ぜご飯がたっぷり詰まっていた。

「うっわ！　社長の弁当すごいじゃないスか！」

「そうだろ？」

あまりにキラキラと色鮮やかな弁当を前に、太陽は即座にスマホを取り出した。

夢中で写真を撮影しながら、母を早くに亡くした子ども時代の弁当を思い出してみる。

父が作ってくれた、ばくだんおにぎり。

いろいろな具が入っていておいしかったけれど、見た目にはほぼサッカーボールだった。

父方の祖母が作ってくれた弁当は、栄養価が高く味もおいしかったが、全般的に茶色かった。

だが、そのすべてに感謝している。

作ってもらったものを、いつもありがたく享受してきた。

その気持ちはいつだって変わらない。

太陽も自炊がまったくできないわけではないのだが、弁当箱に詰める時点でハードルがぐんと上がる。

――唯愛の弁当は、いかにも唯愛らしい。

結婚前、野々田家で彼女が作る料理をごちそうになったことが何度かあった。

奇をてらったものはあまりなく、どちらかというと家庭の味だ。

それが、なぜか想像以上においしかった。

自分でも気づいていなかったけれど、家庭の味というものに憧れがあったのかもしれない。

彼女と暮らしはじめて、朝晩は唯愛が作ってくれた料理を一緒に食べている。

ごはんだけでも、白米、雑穀米、炊き込みご飯、混ぜご飯とバリエーションが多く、昨晩は肉巻きおにぎりだった。

――好きな人に作ってもらう食事は、あんなにもおいしいものなんだな。

卵焼きを箸で口に運ぶ。

ほのかに甘く、どこか懐かしい味がした。

「社長って、わりとアレっすよね」

「ああ、アレだな」

周囲の声に「なんだよ、アレって」と聞き返すと、浜崎が代表して答えてくれた。

「簡単にいうと、結婚して丸くなるタイプってことだ」

「…………」

それのどこが悪いのかわからないが、のろけすぎということだろうか。

新婚なのだから、多少は見逃してほしい。

周囲が、太陽の家庭の話題で盛り上がっている中、当人は弁当を食べるのに夢中だった。

アスパラのベーコン巻きは、中のアスパラガスが程よい硬さを残していて、素材の味がしっかり感じられる。

——うん、さすが唯愛だ。素材への愛がある。

ちなみに唯愛には把握されているようだが、太陽は唐揚げが好きだ。

わかりやすく肉であり、弁当のおかずとしては昔から愛好している。

だから、唐揚げはあえて大事に残していたのだが——

「社長、唐揚げ苦手スか？　俺、食べてあげますよ」

ひょい、と隣から伸びてきた箸が唐揚げをひとつ盗んでいく。

「なっ……待て、おい、好きだ。俺は唐揚げが好きだ！」

「んぐ、もごがごごご」

すでに唐揚げはバイトの口の中だ。

返せと言いたいが、この段階から返されても、もう食べることは不可能である。

「……俺は、好きなものを残しておくんだよ………」

絶望の表情で語ると、周囲がゲラゲラと笑い出した。

――おまえら、次回の差し入れはサラダのみだからな！

とは言わず、太陽は弁当箱を隠すようにして残りを大切に味わった。

「悪い悪い、俺がそいつに唐揚げ盗めって言ったんだよ」

「浜崎さんのせいでしたか。一生恨みます」

「……若社長、そんな性格だったか？」

自分でも、ときどき自分がわからなくなる。誰かを好きになるとは、こういうことだ。

唯愛のためならなんでもできる、万能感で全身が満たされる。

同時に、唯愛にだけは嫌われたくないと臆病になる部分もあった。

まったく、三十を越えても大人のふりがうまくなるばかりだ。

達観なんて、ほど遠い。

太陽は今、恋をしているのだから。

・・・・・・┃・・・・・・・・・・┃・・・・・・

今夜のメインは春キャベツとアンチョビのパスタだ。
下準備を終えて、唯愛はキッチンでベーコンと根菜のスープに火を入れる。
――お弁当、どうだったかな。味はいつもどおりだけど、量は足りてるかなあ。
昼過ぎにメッセージアプリで連絡が来ていた。
『弁当ありがとう。おいしかった』
今日の午後、十回以上も彼からのメッセージを見直してしまったのは内緒だ。
――お昼、量が足りなかったとしたら、夜のパスタをもっと多めに茹でたほうが……？
今夜は生パスタを買ってある。
一応三人前茹でる予定だが、足りるだろうか。
人によっては、麺はあまり腹にたまらないという意見もある。
唯愛の父がまさしくそうだった。
今からでも、米を炊くべきだろうか。
それとも、冷凍してある予備のごはんを解凍するか。
そうこうしているうちに、玄関の鍵を解錠する音が聞こえてきた。

エプロンのまま、唯愛はキッチンを飛び出す。

スリッパでぱたぱたと走っていくと、ちょうど太陽が靴を脱ぐところだった。

「おかえりなさいっ」

「ただいま。どうした、元気がいいな」

「ど、どうもしません。太陽さんが帰ってきて、嬉しかったから」

「っ、そ、そうか。それはどうも」

新婚のふたりの間には、最近ほんのりと甘い空気が流れている。

外から見たら、おそらくただのバカップルだ。

だが、恋なんてきっと周りを気にしたほうがつまらない。

せっかく好きな人と結婚できたのだから、幸せでいるほうがいいに決まっている。

「あ！　お弁当！」

「うまかった。唐揚げをひとつ、泥棒されたけどな」

「ほかの社員さんと、おかず交換するんですか？　だったら、交換しやすいおかずを考えたほうがいいかもしれませんね」

ふたりは話しながらリビングへ向かう。

マンションの廊下はさして長いものではないのに、ふたりで歩いているだけで散歩道のように思えてくるから不思議だ。

「おかず交換なんてしない。今日のは不意打ちされただけだ。もう二度と、あんなことは許さない。絶対に……」

少々怨念のこもった声に驚きながらも、彼が気に入ってくれた様子が伝わってくる。

唯愛は安堵し、リビングで彼から弁当箱を回収しようとした。

「ああ、自分でやるからいい」

「え、でも」

「作ってもらっているからには、洗うくらいはしないとな」

スーツのジャケットを脱いだ太陽が、ワイシャツにベスト姿で袖まくりをする。

彼はキッチンに立ち、弁当箱を洗い始めた。

白いシャツから伸びる腕が、筋張っている。

キッチンの対面カウンターから、唯愛はその様子をじっと見つめていた。

「量は足りましたか？」

「じゅうぶんだ。紅生姜の混ぜご飯がうまかった。唯愛は混ぜご飯や炊き込みご飯のバリエーションがたくさんあるんだな」

「たくさんってほどじゃないですよ。おかずが少なくて済むから、忙しいときは便利です」

「はは、そういう理由があったとは知らなかった」

「あっ、今のは忘れてください。そうじゃないと、手抜きだってバレちゃう」

「手抜きじゃないだろ。作ってくれるだけで感謝してるよ」

――わたしのほうが、ずっと感謝してるんですよ、太陽さん。

弁当箱を洗い終えた彼は、着替えをしにベッドルームへ向かう。

そのうしろ姿は、肩幅がいつもよりさらに強調されていて、唯愛はぼんやりと彼を見つめてしまった。

――いけない。スープを温めていたんだった！

ぐつぐつと煮え立つ鍋の火を止めて、パスタ用の湯を沸かす。

別のフライパンにオリーブオイルを熱して、スライスしたニンニクを炒めていると部屋着姿の太陽が戻ってきた。

「いい香りだな。今夜のメニューは？」

「春キャベツのパスタです」

「唯愛といると、季節を忘れずに済みそうだ」

彼は、テーブルマットとカトラリーを並べてくれている。

食事のメニューを聞いて、必要なものを考えて準備してくれる姿を見ていると、太陽は多くの人に愛されているのが感じられた。

社長という肩書からイメージする、ふんぞり返った雰囲気が一切ない人だ。

それどころか、自ら動く。

相手の反応を見ながら、先読みをしてくれる。

――太陽さんのそういうところ、すごくステキだな。

「お待たせしました。パスタです」

スモークサーモンとクリームチーズのカルパッチョ風サラダ、ベーコンと根菜のスープ、自家製のピクルス、そして今夜のメインディッシュは春キャベツとアンチョビのパスタだ。

太陽の分は、二人前の麺を使ったけれど足りるだろうか。

「今日もうまそうだな。いただきます」

「いただきます」

太陽と暮らすようになって、唯愛は彼の食欲に驚いた。

野々田家は父も母もあまり食べるほうではなかったし、同世代の男子ともあまり関わりがなかった。

だから、一食でごはんを一・五合食べきる姿には感動した。

毎食が感動の嵐で、一緒にいると自分の食事量も増えてきた気がする。

ふたりで食べるとなんでもおいしい。

「結婚してよかったって、実は毎日思うんだが」

――えっ？　急になんのご褒美？

「その中でも、今日の弁当はやばかった」

「やばいって、いい意味ですよね？」

「ああ、いい意味で」

今日の昼食時の話を聞かせてもらっていると、想像以上に太陽が喜んでくれていたのが伝わってきた。

こうやって、少しずつ夫婦としての実績を重ねていく。

それが今は何より楽しい。何より幸せだ。

「だから、思ったんだ」

「何をですか？」

「唯愛、俺と結婚してくれてありがとう」

唐突に、太陽が真剣なまなざしを向けてくる。

さっきまでは、現場の人たちの話に笑っていたはずだったのに。

「……そんなの、わたしのほうこそ感謝してるんです。だから、お礼の気持ちを込めてお弁当を作ったのに、感謝されたら困ります！」

「え……、困るのか？」

意味がわからないと言いたげな表情の彼が、フォークを手にしたまま、二秒ほど固まった。

「困るというか、そしたらまた何かしなくちゃって」

「何もしてくれなくてもいい」

彼が、自分の言葉にうなずいている。

「そうだ。何かしてくれるから唯愛と結婚してよかったと思ったという話じゃない。唯愛が唯愛らしくいてくれることに、俺は感謝してるんだからな」

「……っ、ずるい」

――そんなに優しくされたら、もっと好きになっちゃう。

唇を尖らせた唯愛に、太陽が幸せそうに目を細めて破顔する。

「だったら、もっと感謝させてくれてもいいんだけど？」

「お弁当、三つくらい持たせましょうか」

「それはさすがに多い。カロリー消費につきあってくれるなら別だが」

「一緒にマシントレーニング？」

「いや、そっちじゃなく」

「プールですか？」

どちらも、このマンションの中にある。

高級マンションには、いろいろな設備が準備されているのだ。

以前にもその手の話はしたが、たしか水着姿を人に見せてはいけないと言われた記憶がある。

「残念ながら、その意味でもないな」

「え、じゃあ……？」

テーブルに置いた唯愛の左手に、彼の右手が重なった。

指と指の間に、するりと彼の指が絡みついてくる。

「こういうことだよ？」

指の間をくすぐられ、かすかな予感に唯愛は小さく身じろぎした。

「……っ、あの、カロリー消費になるんです、よね？」

「唯愛が協力してくれたら、たぶんね」

「一緒にがんばりましょう！」

唯愛は強引に彼の手をぎゅっと握った。

一瞬面食らった様子の太陽が、すぐに大きな笑い声をあげる。

「そういうところが、いいな」

食べ終えた太陽が、食器をキッチンに下げていく。

――つまり、今のは二夜目のお誘いってことで間違ってないよね？

のどかな夜が、愛情の密度を増した――ような気がした。

・……|……・……|……・

「――本気、なんですね？」

パウダールームで、ふたりの攻防戦は始まっている。

「もちろん本気だ。さっきからそう言ってるだろ？」

夜のお誘いに同意はしたが、一緒に入浴するのはまた別の話だと唯愛は思う。

太陽の言い分によれば、温泉はふたりで入ったし、なんなら浴衣を着せたのも彼なのだから、自宅でも共に入浴したいという。

言いたいことはわかる。

だが、温泉と違って狭い——とはいっても、一般的に見てじゅうぶん広いバスルームに、ふたりで入るということは、体を洗うところも見られてしまうのだ。

——逆に、太陽さんの体を見るチャンスでもあるんだけど……

彼の体は見たい。

なんなら、洗ってあげたい。

広い背中を流して、筋肉をたしかめてみたいまである。

——あ、そっか。太陽さんも、わたしと同じように思ってる？

「太陽さん、わたしの体を洗いたいって思いますか？」

「当然洗いたい。俺だけの唯愛なんだから、俺が洗って問題はない」

「……わかりました。じゃあ、一緒に入りましょう。その代わり、わたしに太陽さんの体を洗わせてください！」

「ああ。交換条件、成立だな」

「はい！」

勢いまかせの面はあるものの、夫婦なのだから一緒にお風呂に入るのはおかしなことではない。たぶん。

このあと唯愛が気づいたのは、彼の目の前で服を脱ぐ恥ずかしさだった。

自分で脱ぐ、脱がせたい、の第二回戦を乗り越えて、ふたりは無事にバスルームでシャワーを浴びる。

長身の太陽の正面に立つと、唯愛の体はすっぽり隠れてしまいそうだ。

頭上から降り注ぐ温かなシャワーに、髪の毛が濡れて首や肩に張りつく。

「唯愛、顔上げて」

言われるままに顔を上げると、太陽が体をかがめて唇を重ねてきた。

濡れた唇は、かすかに甘い。

最初は互いの唇をぴたりと合わせるだけ。

それから、ゆっくりと彼の舌先が唯愛の唇のアウトラインをたどっていく。

「ん……っ」

ちろり、ちろりと動く舌に、全身が敏感になるのを感じた。

――キスだけで、わたし……

腰の奥に甘い予感が澱《おり》となってたまっていく。

彼に触れられる悦びを、思い出してしまった。

やわらかな乳房を、太陽の胸筋が押しつぶしてくる。

気づけば唯愛は、壁際に追い詰められていた。

背中がひんやりとした壁に触れ、肩がびくりとこわばる。

「悪い。冷たかったか？」

「だいじょ、ぶ……」

「もっと俺にくっついて」

互いの体の前面が密着した。

すでに、太陽の体は反応してくれている。

屹立したものが、唯愛の鼠径部に触れていた。

「こら、逃げるなよ」

「んっ……、ぁ、ッ……」

舌が口腔に割り込んでくると、キスのあえかな動きでもせつなくなる。

激しく求められれば、ふたりの体は淫らにこすれあってしまう。

——胸、が……

彼の厚い胸板に乳首がこすれて、どんどん快感が高まっていくのがわかった。

下腹部に触れる劣情は、柔肌に押しつけられて質量と硬さを増していく。

「唯愛」

名前を呼ぶと同時に、彼が右膝を脚の間に割り込ませた。

「っっ……！」

くい、と膝を上に押し上げられると、わずかに濡れた柔肉が熱を帯びているのを感じる。

「もう、感じてる？」

「だ、って、太陽さんが……」

「俺が？」

「うう……、えっちなキスをするせいですよ」

力なく、彼の胸にしなだれかかった。

間違いなく、太陽のキスに感じてしまった。それを否定する気はない。

「そうか。俺のせいか」

「……はい」

「だったら仕方ない。責任をとってイカせてやらなきゃな？」

シャワーに濡れた前髪を右手でかき上げる太陽は、どうしようもないほど色っぽかった。

再度のキスに、右膝の動きが追加される。

感じやすい部分を淡く刺激されつづけ、唯愛は次第に何もわからなくなっていく。

「んっ……ぁ、あ、太陽さ……、気持ち、い……」

「自分から腰を振ってるの、気づいてるか？」

「だって……ぁッ、ん！」

「そういうところもかわいいよ」

かわいいという単語に、体が反応する。

いっそうのせつなさともどかしさに、唯愛はただ太陽の体にしがみついた。

「かわいい、唯愛。もっと感じて、もっといやらしい声を聞かせて」

「ぁ、待っ……」

「待たない。それに、逃がさない」

「きゃ！」

くるりと体を反転させられ、唯愛は壁に胸を押しつける格好になった。

腰はうしろに突き出したまま、膝がガクガクと震えている。

彼の手のひらが、うなじに触れた。

そこから焦らすような速度で、中指が背骨をたどって下へと伝う。

「っっ……、ん、太陽さん……？」

「前回は、唯愛の体をじっくり見る余裕もなかったから、今夜は全部見せて」

肩口に歯を立てられ、腰が甘く震える。

背骨を下までなぞった指が、今度は腹部へと移動した。

「ん、ぁっ……！」

下腹部を手のひらでくるりと撫でると、太陽の指先がいたずらに脚の間へ滑り込む。

脚を閉じようにも、膝が太腿に挟み込まれているので抗《あらが》いようがない。

まだ慣れない亀裂を、人差し指と薬指の二本が左右に開いた。

中指は、つと蜜口をあやしはじめる。

——もう、濡れてる。

彼の指が動くたび、自分の体が潤ってきているのを自覚してしまう。

太陽を受け入れたくて、準備をしているのだ。

「まだ、慣れてないだろ」

「ぁ、あ、わたし……っ、んっ……」

「無理しなくていい。ゆっくり俺に馴染んでほしい」

きゅっとすくんだ入り口を、彼の指が優しく撫でる。

近く、遠く、円を描くように指でなぞられて、次第に蜜口から力が抜けていくのを感じた。

——もっと、さわってほしいのに。

彼の指先が蜜で濡れていく。

それでも太陽は、感じやすい部分から離れた場所を愛でるばかりだ。

もどかしさに腰が揺れる。

「かわいいよ、唯愛」

「太陽さん……っ」

手のひらが、花芽を優しく覆った。

けれどかすかな圧をかけるだけで、それ以上の刺激は与えられない。

「や……、ぁ、っ……」

せつなさに顔をのけぞらせると、上から見下ろしている太陽と目が合った。

お願い、もっと。

もっとしてほしい。

声に出せない想いを込めて見つめると、彼が真上からキスをくれる。

苦しい体勢でのキスに、唯愛は背をしならせた。

太陽の左手が胸を包み込み、親指と人差し指でツンと尖った乳首をつまみ上げる。

「っっ……！　ん、ぅ……ッ」

こりこりと指腹で撚《よ》るようにいじられ、焦らされていた分、直接的な刺激に全身が疼く。

――ダメ、気持ちよくておかしくなる……！

「ほら、ちゃんと口開けて。俺に唯愛の舌を食べさせてよ」

「は……っ、ぁ、ああ……」

シャープな顎先から、水滴がこぼれる。

土砂降りの雨にも似たシャワーの中で、唯愛はこらえきれずに彼のほうを向いた。

もつれ合うように互いを求めて抱きしめる腕がわななく。

太陽が片手でボディソープのポンプを押した。

手のひらに出した液体状のソープを、彼が唯愛の肩甲骨に塗りたくる。

「あっ、ん！　や、今……？」

「唯愛の体、俺が洗ってもいいんだろ？」

たしかにそういう話をしていたが、全身が彼の愛撫を待っている状態で撫でられるのはつらい。

しかし、太陽はあえてたっぷりとボディソープを手のひらにのせ、唯愛の体を撫で回していく。

「唯愛の肌はきめ細かいから、手で優しく洗わせてもらうよ。これなら、傷つける心配もないしな」

「んっ……、ん、く……ッ」

大きな両手で、乳房を覆われる。

ぬるりと濡れた感触は、シャワーの湯とは違っていた。

手のひらで乳首を転がしながら、太陽が円を描く。

「……っ、ぁあ、あ……、それ、ダメ……っ」

「どうして？　体を洗っているだけだ」

「違……ッ」

すでに屹立していた先端は、痛いほどに感じてしまう。

それを知ってか知らずか、彼は執拗に手のひらでの愛撫を――いや、太陽の言葉を借りれば体を洗う行為を続けた。

ひりつくほどの快感に、内腿は蜜で濡れている。

「太陽さ……っ、お願い、だから……」

「ん？」

「ひ、ぁッ……、あ、ああっ」

膝がガクガクと震え、立っているのもままならない。

「どうしてほしいか、言えよ」

「わ、たし……っ」

「もっと？」

「ぁ、っ、ああ、あっ」

「ほら、言わないとこのままだけどいいのか？」

「やだ……っ！　お願い、もっと、ちゃんと……」

「ちゃんと？」

ちゃんと感じさせて。

ちゃんと抱いてほしい。

ちゃんと――

「愛して、くださ……ッ」

臍につきそうなほど反り返った彼の雄槍が、唯愛の言葉にビクッと先端を震わせる。

「そんなかわいいおねだりをされたら、俺もたまらない。唯愛、おいで」

シャワーで全身の泡を洗い流された。

恥ずかしいのに、もうそんなことも考えられない。

ただ彼がほしくて。

一度知ってしまった快楽は、手前で焦らされるだけでは満たされない。

隘路は、空白を締めつけて切望する。

彼がほしい。彼の熱を食いしめたい。

奥深く、このせつなさを埋めてほしい、と――

「ベッドに行こう」

「は、い……」

太陽が両腕を広げるのと、唯愛が彼の胸に身を寄せるのは、ほぼ同時だった。

寝室のドアは開け放したまま。

廊下には、体を拭く間もなく移動してきた水跡が残っている。

「っっ……ぁ、ああッ、奥、ダメ、すごい……っ」

ベッドにうつ伏せになった唯愛は、枕を抱きしめて太陽の熱を受け入れていた。

正面から抱き合うのとは異なる角度で、彼の劣情が唯愛を穿つ。

腰の裏側を反り返った亀頭で抉られると、視界が白く明滅した。

「駄目じゃないだろ。唯愛の中、俺を誘い込むみたいに動いてる」

「ひぅ……ッ、そこ、や、ぁああ……」

最奥をさらに押し上げて、彼の楔が唯愛を犯し尽くそうとする。

がくがくと腰を揺らすと、前から指で花芽をつままれた。

「！　や、ァッ……！　ダメ、中動きながら、そこは……っ」

目いっぱいに膣で太陽を受け止めたまま、感じやすい突起をコリコリとあやされる。

唯愛は腰だけを高く上げて、はしたなく喘いだ。

自分から彼の指に花芽を押しつけ、泣きそうな声で名前を呼ぶ。

「イッちゃう、イッちゃうの、太陽さん……っ」

「俺のを咥え込んだまま、イケよ。そのほうが、中がぎゅっと締まって、俺の形も覚えやすい」

「やぁ……っ、ダメ、ダメぇ、イッ……」

「イッて。イク声、聞きたい」

彼の動きが加速する。

最奥を切っ先で強くノックされて、背筋がしなった。

「いッ……イク、イク、イッちゃう……！」

きゅうう、と濡襞が太陽を締めつける。

それでもなお、彼は動くのをやめない。

達したばかりの隘路を、激しく抽挿するのだ。

「待っ……、イッ、た、から……っ」

「ああ、かわいいよ、唯愛。もう一度、このままイこうな？」

「ムリ……ッ！」

ベッドの上で、腰を引く。

すると太陽の両手が細腰を左右からつかみ、さらに奥を貫こうと腰を打ちつけてきた。

「ひっ……、ぁあ、ダメ、お願い……っ」

「お願い？　もっとしてほしい？」

「ちがうぅ……ッ」

「でも、俺はもっとほしい。もっと唯愛を感じさせて、もっと唯愛を感じたい」

わかるだろ、と耳元で低い声がした。

子宮口を雁首《かりくび》で押し上げられると、高い声が漏れる。

「唯愛は俺に抱かれるのがじょうずだ。ここも、俺のをちゃんと感じさせようとして、一生懸命吸いついてくるんだな」

――わたし、そんなことしてない。体が勝手に、太陽さんをほしがってしまうだけなのに。

突き当たりに彼の先端がキスをする。

引き抜かれるときに、ふたりの密着したところが離れがたいと言わんばかりに震えるのがわかった。

「奥、だんだん慣れてきたか？」

「た、ぶん……っ」

「じゃあ、もう少し――」

すでに、彼のすべてを受け入れているつもりだった。

初めてのときよりも、奥深く貫かれている自覚があった。

それなのに、太陽がぐっと腰を押しつけてくると、さらに奥へと亀頭がめり込む。

「っっ……！　や、ぁああ、奥、壊れちゃう……ッ」

「大丈夫。唯愛の体は、ちゃんと俺を受け入れてくれてるよ」

「ひぁッ、ぁあ、あ、あ、動かない、で……」

「悪いな。それはできない相談だ」

ばちゅんッ、と激しくふたりの体がぶつかり合う。

濡れた粘膜同士がこすれる、淫らな水音が寝室に響いていた。

――こんなの、おかしくなっちゃう。頭の奥まで、太陽さんに突き上げられてるみたいで……

「逃がさない」

シーツの上でもがく手を、上から包み込まれる。

指の間に彼の指が割り込んできて、ぎゅう、と強く握られた。

――太陽さんの、熱。重さ。それから、情熱。

上からのしかかられて、手をつかまれて、唯愛は動くことも許されない。

完全に彼に支配された格好で、激しい抽挿に襲われる。

「っっ……、ああ、ぁ、中、そんなにこすらないで、ああッ」

ただ純粋な快楽だけが全身に回っていく。

貪るような打擲で、太陽は唯愛を突き上げた。

深く抉られるたび、全身が狂おしい欲望で満たされる。

――好き、太陽さんが好き。全部知りたい。わたしだけの、太陽さん……

「まだ余計なことを考える余裕があるのか？」

耳元で低くかすれた声が聞こえた。

そんな余裕、あるはずもない。

唯愛は今、好きな人に抱かれているのだ。

彼のすべてを健気に受け止める隘路は、雄槍の形になっているに違いない。

彼の形に、自分の体が慣らされていく。

「奥を突くたび、唯愛の入り口が締まる……ッ」

「は、ぁッ……、あ、あっ、たいよ……さ、んっ……」

「もっと俺のものになれよ。もっと、もっと、もっと……！」

強弱をつけて突き上げられ、つながる部分からおびただしい蜜が散る。

シーツはびっしょりと濡れて、ふたりの体はどこもかしこも汗ばんでいた。

「きもち、い……、太陽さんの、気持ちよくて、すき……」

「はは、かわいいこと言うんだな。でも、逆効果だ」

「ひっ……ぁああッ！」

彼の両腕が、唯愛の腰をうしろから抱きしめた。

ふたつの大きな手が、腹部をしっかりとつかむ。

それは、ちょうど亀頭がめり込む子宮口の真上だ。

——これ、外からも……

持ち上げられた体は、あられもなく乳房を揺らしている。

「や、ぁあ、きもちい、気持ちいいの……っ」

「唯愛はここを押されながら突かれるの、好きなんだろ？　ちゃんと知ってるよ」

「すき、すきぃ……、おかしくなっちゃう……！」

「なれよ。いくらでも、俺に乱れておかしくなればいい。俺も、唯愛を――」

ドチュドチュと容赦ない抽挿で脳まで感じさせられて、唯愛は喉を震わせた。

「い、く……ッ、イッちゃう、また、ぁああ、あ」

「ああ、俺もだ。唯愛の中に、全部出したい」

「し、て……、全部、出して、あ、あっ、もぉ、イクぅぅ……ッ」

粘膜が、ギチギチと彼のものを締め上げた。

それに呼応するかのように、雄槍は根元からポンプにも似た動きで脈を打つ。

張り出した亀頭がぶるりと震え、先端から白濁が噴出する。

「ああ、あ、出てる、太陽さんの、出て……」

唯愛はそのまま、ベッドに突っ伏した。

遂情しながらも、太陽はまだ腰を動かすのを止めてくれない――


午前零時が近づくころ、シーツを交換してもらったベッドに、唯愛は優しく寝かされる。

完全に腰が抜けてしまい、立つのも歩くのもままならない。

「……は、恥ずかしいです……」

両手で顔を覆って、横向きになる。

「何も恥ずかしくない。俺たちは夫婦だろう？」

隣に寝転がった太陽が、上掛けを肩口までかけてくれた。

――だからって、気持ちよくなりすぎて自力で動けないだなんて恥ずかしいんです！

ほかの誰にも見せられない姿だ。

できることなら、太陽にだって見せたくはない。

だが、彼に抱かれて至る状態なのだから、彼に見られないようにするのは無理だ。

「唯愛」

顔を覆ったままの唯愛に、太陽が優しく呼びかけてくる。

「唯愛、顔を見せて」

「……っ、だって……」

「恥ずかしがっている顔も、見たい」

「太陽さんの、いじわる……」

彼の手に導かれ、唯愛はおとなしく両手を下ろした。

ロールカーテンを下ろした窓の向こうから、かすかに月光が漏れている。

「感じている顔も最高にかわいかった」

「つっ、そ、そういうの、ダメです。言うの禁止です」

「そうなのか？」

「だって、恥ずかしい……」

「ははっ、俺からするとかわいいんだけどな」

逞しい腕が、唯愛を抱き寄せた。彼の裸の胸に寄り添って、唯愛は目を伏せる。

とくん、とくん、と心臓の音が伝わってきた。

――この音、なんだかすごく安心する。太陽さんの、生きている音。

「お義父さんは、元気そうだったか？」

「え、はい。元気でした。治療にも前向きみたいで、新しく保険適用になった薬を使うんですって」

「そうか。良かった」

心底安堵した様子で、彼が息を吐く。

――お父さんのために、海外からお医者さんを呼んでくれた話、詳しく聞かせてほしいんだけど……

彼からは直接聞いていない。

父も、口が重い様子だった。

ほんとうは聞きたい。だが、尋ねるのはルール違反だろうか。

父と太陽の間での話に口を出すのは、いくら娘であり妻であるとはいっても――

考え込んでいると、太陽が言いにくそうに口を開いた。

「こんなふうに言うと失礼かもしれないんだが」

「え……？」

「病気にきちんと向き合えるお義父さんと唯愛のことが、少しだけ羨ましい」

——どういう意味？

顔を上げ、唯愛は太陽の表情を確認する。

彼は薄く微笑んで、唯愛の頭を撫でていた。

「俺の父親は、病気に気づいてなくて突然逝ってしまったんだ。あれはもう九年前になる。仕事中に倒れて、救急車で病院へ運ばれた。俺が病院に到着したときには、もう——」

「そう、だったんですね……」

似た状況で、唯愛も母親を失っている。

事故で命を刈り取られた母は、朝まで元気に笑っていた。

だから、彼の言うことを失礼だとは思わない。

病気であることを羨ましいと言っているのではないのだ。

覚悟をする時間がある。しかも双方にそれがあって、準備をしていける。

長いさよならを、指した言葉だ。

「後悔ばかりが残る。俺はいい息子だっただろうか。父にもっとできることはなかっただろうか。病気だとわかっていたなら、もっと気遣うこともできたのに」

「太陽さん……」

「だから、唯愛にはお義父さんと過ごす時間を大切にしてほしい。俺にとっても、野々田さんは大事な父親なんだ。できることなら、手術を受けて完治を目指してほしいと思ってる」

初めてわかった気がする。

いや、わかったのではない。

初めて、彼の心に触れさせてもらった。そんな気がした。

――だから、太陽さんは優しいんだ。

彼の胸にはきっと、消えない後悔が残された。

逞しく力強い体と、会社を経営するだけの手腕を持ちながら、太陽はいつもどこかにほんの一ミリの寂しさが垣間見える。

それは、彼の後悔がにじみ出ているのだろう。

だからこそ、太陽は唯愛との結婚を受け入れ、父の治療に協力的なのだ。

いずれ訪れる最期のときを、彼は知っている。

しかし、それに抗おうと、父を救おうと手を尽くしてくれている――

「……太陽さんは、わたしにとってはもうひとつの太陽なんです」

小さな声で告げると、彼は少し驚いたように目を見開いた。

「ほんとうに、こんな太陽みたいな人が存在するんだ、その人がわたしの夫なんだ、って、毎日思います」

「なんだよ。褒めても何も出ないぞ？」

「何もいりません。もうたくさんもらってるから」

大きな手が唯愛の頬に触れる。

その上から、彼の手に自分の手を重ねた。

「まあ、実際なかなか豪快な名前だよ。すぐに覚えてもらえる利点はある」

「そうですよね。でも、太陽さんは、太陽だけじゃないんです」

「ん？」

「見えないところでも優しくて、ときどき月みたいだなって思うというか」

「俺が、月？」

「はい。わたしにとっては、太陽も月も朝も昼も夜も、晴れの日も雨の日も、きっと雪の日も、全部太陽さんなんです」

愛しさだけが、胸いっぱいに広がっていく。

この人を好きになってよかった。

たとえ、同じように愛情を返してもらえなかったとしても構わない。

彼のためなら、きっと唯愛はなんだってできる。

「……今の、いいな」

「今のって、どれのことですか？」

「唯愛の声で聞く、俺の名前だよ」

ひたいに軽くキスされて、唯愛は意味がわからず彼をじっと見つめた。

「だから、太陽って呼んでくれないか？」

「それって、呼び捨てでってことですか？」

太陽が優しい目をしてうなずく。

九歳も年上の彼をいきなり呼び捨てるのは、なかなか躊躇するけれど――

「唯愛、呼んで」

「で、でも」

「聞きたいんだ。唯愛の声で、俺のことを太陽と呼ぶのを」

ひたいから、眉、まぶた、こめかみ、頬へと、彼が慈《いつく》しむようにキスを繰り返していく。

いつだって強くてなんでもできる彼に、こんなふうに懇願されて断るなんて唯愛にはできない。

「………た、太陽……っ」

絞り出した声は、裏返りそうになっていて、ぜんぜんロマンチックでもかわいくもなかった。

なのに彼が、泣きそうなほど優しく微笑む。

「ああ、いいな。心臓をぎゅっと鷲掴みされたみたいだ」

「ほんとうに……？」

「なんだよ。嘘なんかつかないぞ」

「……じゃあ、これからそう呼びます」

「ありがとう」

どちらからともなく、唇が重なった。

――太陽。わたしだけの、太陽。

「お礼にもう一度、唯愛を感じさせたくなった」

「……はい？」

「だから、次は何度も俺の名前を呼びながらイケよ？」

「ま、待ってください！　太陽さん、明日も仕事が――」

「太陽、だろ？」

ベッドの上に膝立ちになった太陽が、獲物を仕留めるまなざしで唯愛を見下ろしている。

その目に映し出されると、もう逃げるなんてできない。

まだ彼の放ったものが残る蜜口が、期待でかすかに震えるのだ。

――わたしも、ずっとあなたとつながっていたい。

「あと一回、だけですからね？」

「仰せのままに」

ふたりの夜は、どこまでも甘く優しく、そして少しだけせつなく、ベッドの中で満ちていく。

第四章　何度でも誓いのキスを、きみに

ゴールデンウィークが明けて五月も中旬になると、東京は初夏の気配に包まれる。

マンションの最上階で迎える初めての五月に、冷房が必須だと唯愛は初めて知った。

屋上に集まる陽光が、室温に影響するらしい。

「はあ……、気持ちいい……」

風呂掃除を終えた唯愛は、リビングに戻ってエアコンの真下で前髪をそよがせる。

ひと仕事終えたあとの冷房は、正しくご褒美だった。

彼と暮らすようになって一カ月と少し。

幸せすぎる毎日は、唯愛にいくつかの小さな変化を起こした。

それは、良いものばかりではない。

――体重、やっぱり二キロ増えてる。

今月になって、なんだか洋服が少しきつい気がしていたのだ。

あまり体重に増減のないほうなので、気にしたことがなかったけれど、あらためて体重計に乗

ったところ、去年より二キロも増えた。

体重計が壊れていると思いたかった。

しかし、最新型の体脂肪計に問題はない。

――だって、太陽がおいしそうにごはんを食べてくれるから！

健啖家の太陽と暮らして、彼の食べる姿に毎回感動している。

食事の時間が、以前よりも楽しい。

それはいいことだ。まったく何も悪くない。

問題は、太陽につられて唯愛も食べすぎてしまう点である。

彼が悪いと言いたいのではない。

だが、彼が魅力的すぎるのは、やはり悪いのだろうか。

「人のせいにしないで、ちゃんと気をつけないと！」

体重が増えたことについては、太陽には言わずにおきたい。

気づかれるのも困るけれど、自己申告なんてしたら、彼は間違いなく、「一緒にカロリー消費をするか」と言い出すのがわかっているからだ。

――あんまり毎晩カロリー消費をするから、お腹が減るのかもしれないし！

たかが二キロ、されど二キロ。

唯愛はスマホのカメラを起動して、インカメラで自分を撮影してみた。

披露宴の写真と比較すると、顔が丸くなっている気がする。

「……顔だけじゃない。お腹も、お尻も、腰も！」

連日、彼と汗だくになるほど運動していると思っていたけれど、それはあまりダイエットにはつながらなかったようだ。

カロリーは間違いなく消費している。

おそらく問題は、それ以上に摂取しているのだろう。

——太陽とは基礎代謝が違うんだから、食べたら食べただけ太るんだ。かといって、今から筋トレとかは……うーん……

せめて、もとの体重に戻るまでダイエットをすべきだろう。

幸せ太りで太陽に見限られることはないと思う。

彼は、きっと唯愛が太っても痩せても、心配こそすれ態度を変えるような人ではない。

——でも、わたしがイヤなの！　完璧な太陽さんの隣で、ぷくぷく育っていくのはイヤだ！

意を決して、唯愛は昼食をサラダと魚とスープだけで済ませる。

以前はそういうことも決して珍しくなかったけれど、太陽といると主食は必須なのだ。

彼の分は今までどおり準備するとして、そうすると夜はきっと炭水化物を食べることになるけれど、朝と昼で調整すればきっとなんとかなる。

——あとはできれば、太ったことを太陽さんに気づかれませんように……！

・・

その夜、唯愛はいつもと違っていた。

普段どおりに食事を終えて、入浴を済ませて、ベッドに誘う。

「あの、先に寝ていてください」

「何かやることがあるのか？」

「……えっと、そう、ですね。明日の朝食の下準備をします」

今、思いついたような理由だ。

太陽はじっと彼女を見つめる。

一緒に寝るのを断られるのは初めてだった。

――俺は、何か唯愛に嫌がられるようなことをしたんだろうか。

凝視された唯愛は、ますます挙動不審になる。

「なんでもないんです！　だから、太陽は明日の仕事もあるでしょ？　先にベッドに行っていてください」

「わかった。あまり遅くならないようにな」

「はい」

ひとりで寝室に向かったものの、彼女の態度がどこかおかしいのはわかっている。

その状態で、先に寝つけるかといえば答えはノーだ。

スマホで仕事のメールを確認すること一時間。

寝室のドアが静かに開いて、唯愛がやってきた。

「唯愛」

「ひゃいッ！　……って、起きてたんですか？」

落胆した声に、ますます疑念が湧き上がる。

「起きてたんですか、ってひどいな。いつも一緒に寝るだろう？」

そう、ここしばらく、ふたりは毎晩愛し合ってから眠っていたはずだ。

――まさか、それが嫌だったのか？　求めすぎたということか……？

「そうなんですけど……」

おずおずとベッドの隣に潜り込んだ彼女が、鼻先まで上掛けを引っ張ってちらりとこちらに目を向ける。

その視線に何かありそうな気配を感じて、太陽は唯愛を抱き寄せた。

「――もう、俺としたくなくなった？」

「っっ……！　いきなり、何を言うんですかっ」

「違うのか？」

否定してほしい。

たしかにふたりは恋愛結婚ではなかったかもしれないが、少なくとも今日までうまくやってきた。

月のものでできない夜は、ちゃんと自己申告してくれていたから、今回の拒絶が別の理由なのは明白である。

「したくないってことではなく……」

「だったら、したい？」

「………今夜は遠慮、します」

「理由を教えてくれ。別に俺は、唯愛に無理をさせるつもりはないんだ。疲れているとか、気分じゃないとか、なんだっていい」

「…………」

返事はない。

やはり、何かしてしまったのかもしれない。

昨晩の行為を思い出し、太陽は唯愛をぎゅっと抱きしめた。

腕の中で、彼女の体はやわらかく、普段と何も変わらないのに。

――気持ちだけが、冷めてしまったのだとしたら……

「俺が求めすぎるのがつらかったのか？」

「そんなことないです。……というか、あれは求めすぎ、だったんですか？」

彼女にとって自分が初めての男なのは知っている。

つまり、唯愛の知る愛情の行為はあれが基本なのだ。

「どうだろう。俺は唯愛を抱いていられるなら、三日くらいは寝ないで働ける」

「それはやりすぎです。命を削りますっ」

「よくないな。唯愛には長生きしてもらいたい」

「太陽も、ね？」

唯愛の優しさは、いつもと同じだった。

ならば、いったい何が原因だろう。

もちろん、新婚だからといって毎晩抱くのがやり過ぎだというのは太陽だってわかっていた。

それでも我慢できなくなる。

本音を言えば、朝だって出社前に唯愛がほしい。

——俺が、ガツガツしすぎていたから怖かったのか。それとも……

「あの、そんなに考え込まないでください。たいしたことじゃないんです」

「たいしたことじゃない？　なら、教えてくれ。俺の何が悪かったんだ」

「悪くはないですから」

「じゃあ、良かったのか？」

「って、太陽、どうしてパジャマの中に手を……っ」

悪くないというのなら、いっそ抱き潰してしまえばいいのかもしれない。

余計なことを考えられないほど、快楽で流してしまえ。

「嫌だ」

「え……？」

今まで、去る者は追わずが太陽の信条だった。

失ってもさして困らない相手としか、つきあってこなかったせいだろう。

そういう意味で、太陽にとって唯愛は初めての恋だと言っても過言ではない。

「唯愛を失うのは、嫌だ」

「っっ……」

彼女が息を呑むのが感じられた。

「そんな大仰な話じゃないんです。あの、ちょっと太ったっていうか……」

「？」

彼女の言葉の脈絡が理解できず、太陽は眉根を寄せて唯愛を見つめた。

「だ、だから、二キロも太ったんです！」

顔を真っ赤にした彼女が、必死に説明してくれる。

太陽といると食事がおいしくて、ついつい食べすぎてしまう。

その結果、太ってしまったから、体を見られるのが恥ずかしい、と。

「見なければいいということだよな？」

「えーと、そういうこと……ですか、これ？」

「だったら、太陽、協力できると思うんだが」

「あの、太陽、わかってます？」

「ああ、わかってる」

ベッドから起き上がると、クローゼットを開けてなんでもいいからネクタイを一本手に取る。

「これで目隠しすれば見えない。そうだよな」

「そういうことじゃありませんっ！」

「見なければ、いいだろ？」

ほんとうは、見たい。

感じている彼女を、あえいでいる彼女を、せつなげな瞳で懇願してくる彼女を。

「んっ、あ、待って！」

ベッドに戻り、ネクタイを握ったままでキスをする。

「目隠ししてくれていいから、唯愛を食べさせて」

「でも……っ」

「俺には食事以外にも栄養が必要なんだ。唯愛を食べられないと、心が栄養失調を起こす」

ひどい言い草なのは自覚があった。

彼女に無理をさせたいという意味ではなく、ただ唯愛を愛したくてたまらない。

一日中、つながっていたいと思う。

ずっと唯愛の中にいたいし、体力に限界がなければ永遠に唯愛を抱いていたい。

「太陽のばかぁ……っ」

「俺は唯愛のことになると、バカになる。知らなかったのか？」

「っっ……」

まったく、ほんとうにどうしてこんなにも彼女が好きでたまらないのか。

理由なんてどうでもよかった。

好きになってしまったのだから、一生彼女を愛しつづける。

「目隠し、はずさないでくださいね……」

「約束する」

普段と違うのは、これから始まる夜のほうかもしれない——

・・・・┃・・・・・・・・・┃・・・・・

何もかもが順調で、平和で、幸せで。

父の治療も効果が出てきていると聞いて、太陽とふたりで昨晩は珍しくお祝いのワインを飲んだ。

初めて知ったことだけれど、太陽はお酒があまり強くない。

唯愛もそれほど飲めるほうではないので問題はないのだが、グラス二杯で酔った彼はかわいかった。

——ふふ、太陽でも苦手なものがあるんだ。

六月も後半に近づき、梅雨明けを待ちながら、毎日は穏やかに過ぎていく。

ダイエットは——とりあえず一キロ戻った。

あと一キロ、なんとかがんばらなくては。

先週から、太陽と一緒にマシントレーニングを始めた。

初日は、筋肉痛で翌日一日何もできなかったけれど、二回目、三回目と少しずつ体が慣れていくのを感じている。

——筋肉が増えれば、きっと代謝も上がって体が引き締まって、太陽ほどは無理だろうけど、スタイルもよくなるかも！

洗濯物をたたみながら、唯愛はそんなことを考えていた。

平穏を切り裂くように、普段はあまりかかってこない自宅の電話が鳴る。

——なんだろう。

嫌な予感がした。

きっと、何かのセールスだ。

太陽の仕事の連絡は基本的に彼のスマホに行くし、唯愛の友人たちはこの部屋の電話番号を知らない。

「はい、もしもし」

受話器を耳に当てると、電話の向こうから雑然とした気配が感じられた。

『星川さんのお宅でしょうか？』

「はい、そうですが」

電話口の声は、覚えのない女性だった。

『こちらは東京コリンズ病院です。野々田耕一さんのご家族の方ですか？』

一瞬で、全身が総毛立つ。

なぜ、考えなかったのだろう。

病院には、自宅とスマホの両方の番号を伝えていた。

こういう連絡がある可能性は、わかっていたではないか。

「父に何かあったんですか？」

『娘さんでしたか。野々田さんが、先ほど怪我をされまして――』

父は入院中の病棟で、階段から落ちて怪我をしたという。

「わかりました。すぐに行きます。ご連絡をありがとうございました」

電話を終えると、唯愛は手早く着替えをし、化粧もせずにマンションを出た。

詳しいことはわからないが、父が怪我をしたというのならすぐに駆けつけたい。

電車で移動中に、太陽にもメッセージアプリで事情を説明した。

——お父さん、ひどい怪我じゃありませんように……

祈る気持ちで乗る電車は、いつもよりひどく遅く感じる。

居ても立っても居られない。

父に何かあったらどうしよう。

不安は、唯愛の心を一瞬で絶望に引きずり込んでいく。


病院について、病室へ行く前に看護師と医師から説明を受けた。

父は一階の売店へ行こうと病棟を歩いていたときに、ナースステーションの前で子どもを連れた妊婦に遭遇したという。

見舞いに来ていたその女性は、ちょうど病室の確認をしていたそうだ。

そのとき、五歳の子どもが階段のほうへ駆けていくのを見て、父はとっさに追いかけた。

子どもが階段から落ちるのは阻止できたそうだが、父自身がバランスを崩して踊り場まで転がり落ちたのだ。

「幸いにして怪我はひたいと顎の擦過傷、それから手首の打撲で済んだのですが――」

医師が言いにくそうに言葉を濁す。

「ほかに、何かあったんですか？」

「念のため、検査をしたところ、転移が見つかりました」

「てん、い……」

父の病気は、悪性腫瘍だ。

原発不明《げんぱつふめい》であり、手術できない場所に病巣が広がっていることで、外科的な治療による根治は難しいと最初から言われている。

それでも、ここしばらくは投薬治療で状態が落ち着いていた。

首と太腿のリンパ節が腫れていたのも、だいぶ改善してきている。

――ああ、それで歩けるようになったから、売店に行こうとしたんだ。

「転移は、どこに……？」

「脳です」

目の前が、真っ暗になる。

さらに手術の難しい場所へ、転移したということだ。

「詳細はこのあと調べることになりますが、野々田さんにお伝えするかどうか、娘さんにご相談させていただきました」

「そう、ですか。教えてくださってありがとうございます」

頭を下げながら、唯愛は自分の指先が震えていることに気づく。

話によれば、脳への転移とは言っても必ずしも今すぐに何かが起こるとは限らない。

ただし、いつ突然意識がなくなるか、体に影響が出るかもわからないのだという。

「そんな、手術はできないんですか……!?」

「検査の結果を見てご相談となります。その場合は、野々田さんご自身にお伝えしませんと、治療方針が立てられません」

寿命という単語が、脳内で不吉に浮かび上がった。

——聞きたくない。だけど、聞かないといけない。

「……それで、父はあとどのくらい……」

「わかりません。現在、野々田さんは投薬の効果が出て進行が止まっている状態だと診断されてきました。ですが、転移が見つかったということはほかの部分も調べ直さないといけません」

泣き出してしまえたら、楽になるだろうか。

先生、父を助けてください。

お願いです、治してください。

そんなふうにすがったら、何か変わるのだろうか。

「検査の結果次第、ということですよね」

「はい」

「父に知らせなければ、治療にも滞《とどこお》りがある、と」

「そうなります」

「……でも、」

――根治が難しい場合は、体力を奪うことになるから無理な手術はしないんでしょう？

以前にも、そういう説明を受けた。

だから父は積極的な治療を望まなかったのだ。

もちろん、唯愛を家にひとりにするのが気がかりだったというのもある。

しかし、手術をしても治らないのならば、それよりも自由に動ける時間を大切にしたいと言っていた。

「いいえ、なんでもありません。父には、伝えてください。自分の体のことを自分だけが知らないなんて、きっと父は嫌がると思いますから」

「わかりました。では、そういう方向で」

廊下に出ると、窓から差し込む西日がひどく眩しい。

まだ、時間はあると思っていた。

あるいは、命に限りがあると知っているつもりになっていたのかもしれない。

どこか遠い国で戦争が起こる。

テレビで報道されるニュースを見て、痛ましいことだと悲しくなる。

だが、その痛みは自分のものではなかった。

いつだって、悲しい事件の多くは唯愛から遠いところで起こる。

——だけど、これはわたしの問題だ。そして、お父さんの問題なんだ。


深呼吸をひとつしてから、父の病室をノックする。

「お父さん、階段から落ちたんだって?」

スライドドアを開けると、ベッドの父はひたいにガーゼを貼られていた。

「ああ、連絡行ったのか?」

「うん。びっくりしたよ」

「すまんすまん。父さんも、驚いた。この歳になって階段から落ちるとは情けない」

「あはは、その歳だからこそかもしれないよ?」

「言ったな?」

いつもと同じ、明るい父に少しだけほっとする。

唯愛が病室を訪れる前に、医師が脳への転移を説明していたはずだ。

だとしたら、父は無理をしているのだろうか。

「大丈夫だよ、唯愛」

「え……？」

窓の外を見つめて、父は穏やかな声で唯愛に呼びかけた。

「唯愛をひとりで残していくのが何より気がかりだったから、今は安心しているんだ」

「お父さん……」

そこに、コンコンと二回ノックの音が聞こえた。

「どうぞ」

「失礼します。お義父さん、階段から落ちたと聞きましたが――」

入ってきたのは太陽だ。

仕事中のはずなのに、駆けつけてくれたのか。

「なんだ、星川さんまで来てくれて。唯愛、仕事中の星川さんに連絡したんだね？」

「だって、びっくりしたから」

「まったく、仕事の邪魔をするほどの話じゃないだろう。悪いね、星川さん」

太陽は汗だくだった。

走ってきたのかもしれない。

「これ、ハンカチ使ってください」

「ありがとう。助かる」

唯愛の差し出したハンカチで、彼はひたいを拭う。

「それで、お義父さんの怪我は？」

「たいしたことないの。擦り傷と打撲だよね、お父さん」

「ははは、そうなんですよ。いやあ、階段から落ちるとはねえ」

ほんとうは、父が小さな子をかばったせいで怪我をしたのを唯愛は知っている。

けれど、そのことを言わない父が、父らしい。

「ご無事でよかったです。焦りましたよ」

「すまないね、星川さん。だけど、来てくれてありがとう」

ベッドの上で体を起こした父が、丁寧に頭を下げた。

「やめてください。このくらい、なんてことありません。お義父さんが元気でいてくれて、安心しました」

「それも、重ねて申し訳ない。実は、転移が見つかったんだ」

ひく、と喉が痙攣《けいれん》する。

――聞きたくない。検査しないと、詳細はわからないってお医者さんも言っていたのに。

「転移ですか」

「そうなんだ。まだ詳しくは検査結果を見てからなんだけどね。脳に、転移している」

病室に、沈黙が訪れた。

大丈夫だよ、なんて安易に言えることではない。

だからといって、必要以上に父の前で悲しい顔をするのもいやだった。

「さっき、ちょうど唯愛にも言っていたんです。星川さんがいてくれるから、娘をひとりで残していくこともない。ほんとうにふたりが結婚してくれて、私は安心しているんだと」

「お義父さん」

「星川さん、娘をよろしく頼みます」

父が、太陽に向かって右手を差し出す。

かつての大きかった父はそこにいない。

病気で痩せて、やつれた体。

力強かった手は、節くれだって骨が浮いている。

「はい。かならず」

太陽が、父の手を握り返した。

「ありがとう。あなたには、感謝してもしきれない」

「それは俺のセリフです。唯愛さんと結婚してから、俺の人生は変わった」

「ははは、うちの娘が星川建設の社長夫人だなんて、なんだかおかしな感じがしますが」

父は、握った手を離さない。

骨ばった指に力がこもっているのが、見ている唯愛にもわかる。

「唯愛、そんなに悲しそうにしないで。人間はかならず死ぬ。それがいいんだ。死なないほうがつらいだろう？　父さんが永遠に死ねなかったら、そっちのほうが怖い。それに、父さんには母さんに会いに行く楽しみがあるからね」

「……そう、だね。お母さんに会ったら、わたしがすごくステキな人と結婚したって、ちゃんと伝えてよ？」

涙声だけれど、唯愛は必死で笑顔を取り繕う。

人は、かならず死ぬ。

わかっていても、死を身近にして父のように明るくいられるだろうか。

「ああ、もちろん。母さんもきっと、唯愛の結婚を見守ってくれているよ」

涙はこぼれなかった。

今は、まだ泣くときではない。

父と幸せな思い出を、ひとつでも増やしたい。

ベッド脇のテーブルに、唯愛が箱根で買ってきた小さな手回しのオルゴールが置かれている。

その隣には、同じく新婚旅行で母が買ったという小箱。

どちらも美しい寄木細工の作品だ。

「星川さん、ありがとう」

父はそう言って、太陽の手を離した。

「——一応、別れの挨拶を邪魔するような無粋はしたくないので黙っていましたが、俺はお義父さんをこのままにはしません」

低く、決意のにじむ声だった。

太陽の言葉に、父と唯愛は驚いて息を呑む。

「いや、前に手配できると話してくれた医師の件だったら……」

「先ほど、アメリカにいる堺《さかい》医師に今回の検査結果を送ってもらいました」

知らない名前が聞こえてきて、唯愛はまばたきを二回、耳を澄ませた。

「堺医師によれば、転移を考慮してもまだ根治を目指せるとのことです。今の投薬で、既存の腫瘍はかなり小さくなっているので、手術ができるんです」

——だったら、お父さんの病気は治るということ？

ずっと、心のどこかで願ってきた。

奇跡が起きて、父の病が治る日を夢見てきた。

もちろん、願うだけでは何も変わらない。

具体的な闘いを起こさなければ、この病に打ち克《か》つ方法はない。

だが、父はまだ渋い顔をしている。

「お父さん……、手術で治る可能性があるなら……」

「唯愛」

節の目立つ手で、父が唯愛の手を握った。

「治るかどうかわからない手術で、星川さんに出費させるわけにはいかない。その、堺先生にお願いするには莫大な費用がかかるんだ。堺先生は、チームごと日本に来ることになるから……」

アメリカで活躍する凄腕の外科医を招聘《しょうへい》するとなれば、たしかに費用は想像もできない。

——だけど、お金でお父さんの命を救えるなら……

そう思う気持ちもたしかにあった。

問題は、出資元が父でも自分でもなく、太陽だということなのだ。

「俺は、お義父さんのことを自分の親だと思っています」

だから、と彼は続ける。

「大事な人が苦しんでいるのに、お金のことなんて考える必要はないんです。唯愛も、そんなことを気にしなくていい。お義父さんが助かるのが何よりなんだ。そうだろう?」

「……太陽……」

彼の説明によると堺という日本人医師は、世界各国の要人から請われて手術を行う外科医だという。

まるでドラマや映画に出てくるスーパードクター。

その医師に、太陽は父の手術を頼んでくれているのだ。

「根治の可能性は高いとは言えません。ですが、可能性はある。どうか、手術を受けてください。俺はお義父さんに諦めてほしくないんです。唯愛を残して逝くには、まだ早すぎます」

「星川さん……」

父は「もう少しだけ考えさせてくれ」と言って、その日は解散になった。


悩むのも当然だ。

生きたくないわけがない。

だが、手術によってかならず治る保証もないのだ。

唯愛だって、父に生きていてほしい。

同時に、これまで長い時間をかけて命の終わりを受け入れてきた父が、手術に期待するのを恐れる気持ちもわかる気がした。

もしかしたら、と思うたび、裏切られるのが怖くなる。

期待して失敗に終わったとき、絶望はいっそう深く重く根を張る。

それくらいなら、覚悟を決めて終わりを受け入れたい。

父はそんなふうに考えているのかもしれない。

――それに、太陽さんはお金のことを考えなくていいって言ったけど……

海外から特別な医療チームに来日してもらう。

どのくらいの費用がかかるのか、想像もつかない。

少なくとも、父と唯愛の払える金額ではないのだろう。

――だけど、それでもわたしはお父さんに生きていてほしいんだよ。太陽に迷惑をかけるとわかっていても……

彼が自分と結婚してくれたことに、感謝している。

それだけでも幸せなのに、さらに負担をかけるのは心苦しいとも思う。

――太陽がいてくれたから、お父さんは安心してくれた。

娘のウエディングドレスを見ることができたし、幸せに暮らしている姿も確認している。

実際、太陽がいなかったら、唯愛を残していくのを心配して、あんなふうに穏やかではいられなかっただろう。

最寄り駅で電車を降りると、それまでの沈黙を破って唯愛は太陽に呼びかけた。

「太陽は、いつから手術のことを考えていたんですか？」

父のことがあったからこそ、彼は唯愛と結婚してくれたのだと思う。

それは、残される唯愛に同情してくれたからだと考えていた。

しかし、手術という選択肢を持っていた太陽からすれば、最初から父を救うつもりで唯愛と結婚したのかもしれない。

「最初に、検査結果を聞いたときから考えていた。たしかに簡単な手術ではない。病院でも、根治のための外科的治療は難しいと言われていたんだよな。だけど、可能性はゼロではないと思ったから、知人のつてをたどって堺医師に相談したんだ」

「じゃあ、結婚の話が出る以前から？」

「そうなるな」

「そう、だったんですね……」

彼は、ほんとうに優しい人だ。

手術で病気を治すことができるかもしれないと考え、医療チームを日本に呼び寄せる手配もし、それでいて押しつけることはしない。

あくまで、治療の選択をするのは父だと考えているのだろう。

「お父さんの手を、握ってくれてありがとうございます」

「なんだよ、急に」

「ほんとうに感謝してるんです。あんなふうに父が安心していられるのは、太陽のおかげです。そのお医者さんのことだって……」

「だったら俺も嬉しいよ」

――なのに、どうしてわたしは勝手に落ち込んでいるんだろう。

同情結婚ですら、なかったのではないか。

「太陽は、もしかして……」

「ん？」

「父に手術を受けさせるために、わたしと結婚したんですか？」

返事はない。

彼がどんな顔をして聞いているのか、知るのが怖かった。

そうだよ、と言われたら。

彼のことを優しい人だと、心から思えるだろうか。

いや、優しいのは間違いない。

ただ、そうだった場合、太陽にとって唯愛は野々田耕一と家族になるためのツールでしかなくなる。

それだけのことだ。

方法がなんであれ、彼の優しさを疑うつもりはない。

それなのに、気持ちが沈んでしまう。

――わたしがひとりで残されるのを心配して、結婚してくれた。そう思っていた。

どちらの理由であっても、感謝こそすれ文句を言う筋合いなんてないとわかっている。

なのに、唯愛の口は感情の発露をこらえきれなかった。

「だって、手術のことをわたしには一度も直接話してくれませんでしたよね。父を助けたいと思ってくれるの、すごくありがたいです。だけど、わたしは父のおまけみたいで……」

まるで、自分が父の付属品のような気がしてしまう。

こんなふうに思うのは間違っている。

父を助けようとしてくれている太陽に対して、失礼な話だ。

「……なあ、まさかとは思うけど、唯愛は野々田さんにやきもちを焼いているのか？」

困惑のにじんだ声で、彼が問いかけてくる。

「え……っ……」

はっきりと言葉にされて、自分でも漠然としかつかめていなかった感情に気づいた。

──う、嘘でしょ。わたし、お父さんにやきもちを……⁉

しかし、言われてみればまさにそのとおり。

父とふたりで秘密を共有している太陽に対して、話してほしかったと感じているのだ。

「俺はお義父さんを大事にしたいと思ってる。それは、唯愛の父親でなかったとしてもきっと同じだ。ただ、唯愛の父親だからこそなんとかしたいと思うのも事実なんだよ」

「そ、それはそう、ですよね」

「唯愛が、見当違いのやきもちを焼いてくれたことについては──」

彼は少し困ったように、それでいて嬉しそうに口元に手を当てた。

「……嬉しいなんて言ったら、まずいんだろうな」

赤面した唯愛に、彼が笑顔を向けてくる。

「あの、でも、やっぱりすごくお金のかかる手術については、太陽に申し訳なくて。だって、わたしの家族のことで迷惑をかけるのは──」

「待てよ。唯愛の家族って、俺は違うのか？」

「あ……」

そういう意味で言ったのではなかった。

後悔したけれど、口に出してしまった言葉は取り返しがつかない。

「違います。太陽は、わたしの夫です。大事な人です。だけど、わたしと結婚してくれたのは、恋愛感情ではなかったですよね。もちろん、それも含めて感謝してるんですけど……」

弁明しようとすればするほど、どつぼにはまっていく。

彼は顔を背け、大きなため息をついた。

「ご、ごめんなさいっ。太陽を家族だと思っていないわけじゃないんです。それに、父とばかり仲良くしてるのを責めたいわけでもなくて、わたしにももっと話してほしかったというか」

「かわいいやきもちだ。でも、唯愛は俺の気持ちをわかっていないみたいだな」

「っっ……」

言わなければよかった。

知らないままなら、幸せでいられた。

開けてはいけない箱を自分で開けたのだ。

今さら、なかったことにはできない。

――この結婚が、恋愛結婚だったらよかったのに。

「俺は、唯愛と結婚したいからしたんだ。お互いに生涯、夫婦でいる覚悟を持っていると思っていた」

「……はい」

「一緒に暮らして、毎晩抱いて、それでも何も伝わってなかった」

「え……？」

「だったら、わかるまで教えるしかない」

ぐい、と手首を引っ張られる。

「たいよ……」

「そんなに簡単じゃないんだよ。好きなんて、本気ならなおさら言えない」

——好き？ 待って、それは太陽がわたしを……

「それに、好きじゃぜんぜん足りない。俺は、唯愛のことを——」

顎をつかまれ、顔を上に向けられる。

彼は、どこか痛みをこらえるような表情をしていた。

けれど、何か言う前に唇がキスでふさがれてしまう。

「っつ……、ん……！」

人通りの少ない場所だが、誰が見ているかわからない。

唯愛は必死に彼の胸を押し返すけれど、その程度で揺らぐほど太陽の体はやわではなかった。

「なあ、わかるまで今夜は寝かせないから。唯愛次第では、明日も明後日も俺から逃げられないって覚えておけよ」

「太陽、待って、それって……」

強引に手を引かれて、マンションまでの道を歩く。

彼の手は、彼の言葉は、彼の表情は、今まで考えもしなかった結論に唯愛を導こうとしていた。

・・・・・|・・・・・|・・・・・

マンションに帰ると、玄関でいきなり抱きすくめられる。

「た、いよう、靴が……」

「先にひとつ聞かせてくれ」

彼の声は、ひどく切実だった。

「唯愛は、俺と一緒にいたいと思ってくれているんだろ。それは、少しでも俺を好きだと思っていいのか？」

「そっ……」

——え、待って。わたしの気持ちなんて、太陽はお見通しの気がしていたけど、まったく気づいていなかったってこと？

「嘘でもいい。好きだと言ってくれたら――いや、言ってくれなくたって、俺は唯愛を手放す気はない。結婚したんだから、唯愛は一生俺といるしかないんだ」

「待ってください。あの、わたしは太陽のことが好きだから結婚したんです！」

「………え？」

今まで、こんなに拍子抜けした彼の声を聞いたことがあっただろうか。

「いや、待て。違う、そうじゃなくて、いや」

「好きです。ずっと、好きでした。これからも好きなんです」

「そんなの……、俺のほうが想ってるに決まってるだろ！」

「わたしです！」

「俺だ！」

玄関でする会話としては、あまり適していない。

雨上がりで湿度は高いし、ひどく暑い。

それに、なんだか急にお腹が空いてきた。

――どうしてこんなときに、お腹が減るの？

「……とりあえず、何か食べないか？　実は、弁当を会社に置いてきてしまったんだ」

「太陽も？」

「ん？」

「わたしも、なんだかすごく空腹なんです」

「だったら、何かデリバリーを取ろう。早くて腹にたまるものがいい。カレーか」

靴を脱いだ太陽が、唯愛を玄関に置き去りにリビングへ向かって歩いていく。

——今、わたしたち告白しあったんじゃなかったの？　なんでここから、カレー!?

「た、太陽、待って！」

唯愛も急いで彼を追いかける。

リビングに着くと、太陽はすでにスマホでデリバリーを選んでいるところだ。

「カレーじゃないほうがいいのか？」

「そうじゃなくて！　食事より、もっと」

「俺だって、今すぐ唯愛が食べたい。だけど、食事もさせずに抱くのは外道だろ」

抱く。

はっきりと宣言されて、つい顔が熱くなる。

——カレーよりも、ベッドよりも、今は太陽の気持ちをもっと聞きたいのに。

「ダイエットなんて気にしなくていい。カツカレー倍盛り、今日はサラダなんていらない」

「待って？　さすがにそれは暴挙だと思います！」

「暴挙でいいんだよ。そのくらいしないと、落ち着けない！」

いつも、彼は穏やかだ。

初対面の印象はもっと野性を感じたけれど、唯愛の前ではいつだって優しくて、紳士で。

ベッドの中では少しワイルドなところもあるものの、普段は大きな声を出すことも少ない。

その太陽が、今日は感情を抑えきれないとばかりに天を仰ぐ。

「とにかく、近づかないでくれ」

「ええ……？」

さすがに、その言い方は傷ついた。

「そばに来たら、確実に襲う」

「！」

「唯愛から、あんなふうに言ってもらえるだなんて考えたこともなかったからな」

壁に寄りかかって腕組みをする太陽が、せつなげに目を細める。

その表情だけで、泣きたくなった。

――もっと、早く言えばよかったんだ。

彼を好きだと、ほんとうは前から憧れていたのだと。

もしかしたら、唯愛が悩んでいたのと同じくらい、太陽もこの関係について考えていたのだろうか。

「わたしだって、太陽が……」

「言うな」

「どうしてですか？」

「っっ……、照れるだろ」

片手で顔を隠し、彼は唯愛と反対のほうを向く。

いつだって大人で、余裕があって、唯愛のことなんてなんでもお見通しだった彼が、こんな表情をするとは思わなかった。

それだけ、本気なのだと伝わってくる。

口先だけで語る恋ではなく、ちゃんと太陽は自分を想ってくれている。

「……ほんとうは、そうだったらいいなって思っていたんです。太陽は優しいし、いつもわたしのことを大切にしてくれる。態度からも、そうかもしれないって勘違いするときはあったんです。だけど、もしこれが大人だからできることだったら、悲しいじゃないですか」

「俺は唯愛が思うほど大人じゃないと言ってきただろ」

「そうですけど、期待しちゃうから。太陽も、わたしのこと、す、好きでいてくれるんじゃないかって思うと、そうであってほしいって願っちゃうから……」

彼は黙ってキッチンを睨みつけている。

その姿は、彫像のように美しかった。

「――困らせたくなかった」

「わたし、を？」

首肯する太陽は、いつもより言葉少なに語る。

「俺の気持ちを言えば、唯愛は逃げ場がなくなるだろ。父親を安心させたくて結婚したのはわかっていたから、それ以上の負担をかけたくないと思った」

ああ、同じだったのだ、と腑に落ちる感情があった。

唯愛もまた、彼が父のために自分と結婚してくれたのだという負い目を持っていた。

恋で始まらなかった結婚には、その後のアンサーが必要だ。

ふたりでいずれたどり着けるから、今は急がなくていい。

臆病な恋心が、告白を押し留めていた。

「もっと早く、言えばよかったです」

「っっ、どうして、唯愛が」

「だって、わたし、結婚する前から太陽のことが好きだったんです。でも、同情で結婚した相手から好きって言われても迷惑かもしれないって……」

「ありえない」

はあ、と息を吐いて、彼が大股にこちらへ歩いてきた。

「俺だって、初めて会ったときから唯愛のことが――」

ピンポーン。

感情的な空気を裂いて、ひどく間の抜けたインターフォンが鳴る。

「ったく、決まらないな」

苦笑した太陽が、インターフォンでエントランスのオートロックを解除する。

その二分後、一・五キロの極大カツカレーが届き、唯愛は完全に言葉を失った。

・・・・・━・・・・・・・━・・・・・

「早く、食わせろよ」

ソファの上で、太陽がワイシャツを苛立たしげに脱ぎ捨てる。

「……っ、だったら、カレーを食べればいいと思うんです」

テーブルの上には、まだフタも開けていない異様なまでの大盛りカツカレーが置かれているのに、彼は唯愛をソファーに押し倒したのだ。

「だから、食べるって言ってるだろ」

──カレーじゃなく、わたしを？

唯愛のブラウスのボタンをはずしながら、太陽が熱い吐息を漏らす。

「カレーはあとで。今は、唯愛が食べたい」

「食べ物じゃありませんよ？」

「なんでもいい。唯愛がほしいんだよ」

いつもより荒々しく、衣服が引き剝がされていく。

全裸でリビングのソファに横たわる唯愛は、夕暮れの空を見上げて不思議な気持ちになった。

こんな時間に、こんな場所で。

ベッドまでほんの数秒で移動できるのに、もうふたりにはその時間すら惜しい。

「唯愛」

「んっ……」

「ぼんやりしてるなよ」

「し、してな……」

「なあ、今夜は優しくできそうにない。覚悟しろよ。唯愛が俺を狂わせたんだ」

ボクサーパンツ一枚で、彼が唯愛の乳房に指を這わせてくる。

関節部分で胸の先をすりすりと撫でられると、腰の奥に痛痒《つうよう》に似た感覚が走った。

せつなくて、もどかしくて、愛しくて、どうしようもなく感じてしまう。

「いつだって、唯愛を抱きたくてたまらない」

「ほんと、に……？」

「毎晩抱いても足りなくて、朝だって会社なんて行かずに唯愛を抱きたいって思ってる」

きゅんと芯が通ってきた乳首を、彼が舌先で舐る。

「つ、ぁ……」

「このかわいい胸も、感じやすい耳も」

「待っ……、ぁ、あ、あ」

「それから——」

下着の上からでもわかる、ひどく張り詰めたものの先端が唯愛の柔肉に割り込んできた。

「っっ……！」

「俺にキスされるだけで濡れる、ここも」

布越しの亀頭で、蜜口をぬりゅぬりゅとこすられると、腰が逃げを打つ。

それを許さないとばかりに、太陽が体重をかけて唯愛の体を押しつぶした。

「んっ……」

「もう、濡れてる」

「それは……」

「俺を好きだから、感じてくれるんだよな？」

亀頭のくびれが花芽に引っかかる。

くいっと押し込まれると、体が跳ねた。

「……そう、です……」

「っは、かわいすぎだろ……ッ」

両脚を大きく開かれて、その間に太陽が顔を埋めてくる。

「！　や、今、シャワー浴びてないから……っ！」

「駄目だ。全部食わせてもらう」

「たい、よ……っ」

舌全体を使って、べろりと彼が唯愛の間《あわい》を舐め上げた。

「ひ、ぁあんッ」

蜜口から花芽まで、ひと息にしゃぶられては声を我慢するのも困難だ。

ビクッと体を引きつらせ、唯愛は彼の髪に両手を差し入れた。

「ぁ、あ、ダメぇ、気持ちよくなっちゃう……っ」

「なればいい。俺に舐められて、イケよ」

「や、やんっ……、ん、ふ……っ」

激しく吸いつかれた花芽が、包皮から剥き出しにされている。

そこを唇でこすられ、蜜口を舌で突かれると、腰が揺れるのを止められない。

「同時に、ダメぇ……」

「ああ、してほしいって意味だな？　だったら、胸も一緒にかわいがってやるよ」

「ひ、あッ……！」

大きな手が、左胸をつかむ。

胸の先端はすでに痛いほど屹立し、指で弾かれるだけで泣きそうになった。

「中、ひくついてる。もう俺がほしい？」

「っっ……、や、言わないで……」

「聞きたいんだ。唯愛、俺は今すぐにでも挿れたい。だけど、準備ができていないところに突っ込むほど野蛮じゃない。唯愛を傷つけたくない」

そう言いながらも、太陽の舌は唯愛の感じやすい部分をたっぷりと愛でている。

とろとろに濡れて、ソファにこぼれる媚蜜が彼にも見えているはずなのに、言葉で言わせたいのだろう。

「……っ、わたし、だって」

「うん」

「太陽が、ほしいです。初めて抱かれた夜から、太陽のことばかり考えてる……っ」

「いい子だな。ちゃんと、俺に慣らされてる」

下着を脱ぎ捨て、太陽が自身の根元を右手で握る。

すでに先端からは、透明な先走りが糸を引いていた。

彼が求めてくれているのは、体だけではないのだ。

――わたしの心も、ほしがってくれてる。

「好き……」

両腕を広げて、彼を待つ。

「太陽が、好きです。いっぱい、してください」

「ああ、もういらないって言っても遅い。唯愛の体が、俺専用になるまで抱く」

「もうとっくに、太陽専用ですよ？」

「煽るなよ。いきなり奥まで突き上げられたいのか？」

「ん、く……ッ」

ビキビキと脈を浮き立たせる雄槍が、唯愛の中にめり込んでくる。

張り出した亀頭も、太く逞しい幹も、すべてが愛しかった。

「も、っと、奥まで来て……」

「遠慮なく」

ぐいと腰を押しつけて、太陽は唯愛の胸にしゃぶりついた。

「ぁ、あっ、それ、いいっ……」

彼を受け入れる隘路が、きゅうとせつなく引き絞られる。

いっそう太陽の熱を感じて、唯愛は腰をもどかしげに揺らした。

乳暈ごと口に含んだ彼は、唇全体を使って乳首を甘く吸い上げる。

吸われるたびに、腰の奥が疼いた。

彼はまだ、動いていない。

それなのに、唯愛の体は抽挿されているときと同じような反応を始めている。

「中、すごい……っ、あ、あっ、ダメ、気持ちい……っ」

「挿れただけなのに、……っく、そんなに締めるなよ」

「だって、いいの。気持ち、ぃ……、ああっ」

軽くひと突きされただけで、脳天まで快感が抜けていく。

ガクガクと腰を震わせ、唯愛は早くも本日最初の果てへと追い立てられていた。

「奥……っ、きゅんきゅんして、おかしくなっちゃう……」

「もうイッたんだな。だったら、たっぷり感じてもらうか」

「え……、あ、あっ、嘘、待って……！」

達したばかりのか弱い粘膜を、猛り狂った雄槍がぐりゅ、ぐりゅっと攪拌《かくはん》する。

最奥に押しつけたままで、太陽が腰を回した。

「ひ、ぅッ……！」

ぞりり、と体の内側で感じたことのない反応が起こる。

押しつぶされた子宮口に、甘い疼きが走った。

「や、イッたばかりなのに、そこダメ……っ」

「連続してイケるだろ？　ほら、もうひくついてる」

「んっ……、ぁ、あ、ダメなの、おかしくなっちゃうからぁ……ッ」

「俺はとっくに唯愛に狂ってる」

その宣言と共に、太陽がじゅぽじゅぽと音を立てて抽挿を開始した。

感じやすくなった体は、どこを刺激されても絶頂へと唯愛を追い立てる。

子宮口を重点的に抉られると、ふたりのつながる部分におびただしい蜜が滴ってきた。

「っっ……い、く、イク、またイクっ……」

きゅうう、と隘路が蠕動するのを確認してから、太陽は楔を蜜口ギリギリまで引き抜いた。

少し休ませてくれるのかもしれない。

そう思った瞬間、形を教え込むようにゆっくりと、根元まで埋め込まれる。

「は、ぁッ……」

「ちゃんと言っただろ。優しくできないって」

「そ、んなの……っ」

焦らしながら、彼のものが唯愛の中を緩慢に犯していく。

それでいて、最奥に到達するときだけぐんと腰を突き出してくるのだ。

——おかしく、なる。これ、よすぎてムリ……！

だが、焦れったい動きは唯愛が達するのを許さない。

彼の血管の脈動まで感じてしまう。

「んっ、奥、強くしないでっ」

「それじゃ物足りない」

「やぁ……っん！」

ずぷ、ずぷっと、次第に太陽の動きが速度を増していく。

焦らされきった体は、彼の吐精を促そうと根元から先端までを食いしめた。

「中、熱いの。太陽の、すごい、奥ぅ……」

腰を浮かせ、ガクガクと体を痙攣させる。

形良い乳房が揺れると、太陽は真上から串刺しにするように唯愛を貫いた。

「ひぁあんっ」

「最初は、俺のが全部入らなかったのにな。いつの間に、こんなに馴染んだんだ？」

「し、らな……っ、ぁあ、あ、やっ……」

「奥に出すと、嬉しそうにもっともっとって、俺を締めつけてくる。唯愛のいやらしくてかわいい体が、俺をこんなふうにするのはわかってるか？」

「してなっ……いっ……、ひ、ぁああッ」

「ほら、わかるだろ」

「っっ……」

奥にぎゅうと切っ先を埋め込んだまま、太陽が動きを止める。

すると、唯愛の濡れた粘膜が彼を搾り取ろうと蠕動していた。

「や、やだ……」

「俺が動かなくても、唯愛の中がねだってくる」

「だ、って、それは……」

「ああ、俺のせいだ。俺が、唯愛の体をちゃんと感じるようにしつけたんだからな」

いったん止まっていた動きが再開されると、今度はいきなりのトップスピードだ。

――そんなに激しくされたら、すぐイッちゃう……！

「っは……、唯愛、好きだ」

「！　た、いよ……」

「好きだ。好きで好きで、おかしくなりそうだ」

激しい打擲音に、淫らな蜜音が重なる。

心と体を同時に感じさせられて、唯愛は両腕で太陽にすがりついた。

彼の背に、爪を立てる。それでも止まらない律動が、全身を貫いた。

「ダメ……っ、また、イッちゃう……」

「何度でもイって」

「太陽と、一緒がいい……っ。わたしも、大好きだからお願い……っ」

「そんなにおねだりがうまいとは、知らなかった」

かすかに笑う、彼の低い声。

吐息ひとつにすら、おかしいほどに感じてしまう。

「だったら、一緒にイクか。唯愛、俺のこともイカせてくれるんだな？」

「んっ……、お願い、イッて、太陽の、いっぱい……ください……」

「喜んで」

深くつながるキスのまま、太陽が唯愛を追い立てる。

息が苦しい。頭の中が白で満たされていく。

「んっ……ん、ぅ……っ」

キスしながら突かれると、快感は倍増した。

——ダメ、もう我慢できない。イク、イッちゃう……！

「唯愛……ッ」
ド、クン。
ドクン、ドクン。

太陽の先端から、愛の証が迸《ほとばし》った。

「っっ……く、イク、イク、イッてる……ッ」

「一緒だ。俺も、今……っ」

達するたびに、体が互いを覚えていく。

ほかの誰かでは、決して分け合えない快楽をふたりだけで噛みしめるのだ。

彼は、射精の最中でも腰の動きを止めない。それも知っている。

何度、こうして抱かれたか、もう数え切れない。

「……？　あ、の、太陽……？」

だが、今日はそれでもいつもとは違う何かを感じる。

「どうして、出したのに……そんな、あの……」

彼の劣情は、吐精のあとも硬さを保ったままだ。

「どうしてだろうな。唯愛がかわいすぎるせいか」

「っっ……!?　あ、待って、動くの、ムリっ……」

「優しくできないと言った」

「で、でも、あっ、そんな、連続してされたら……、しんじゃうっ」

「死なせない。一緒に生きるんだ、唯愛」

「やぁあ、あ、動くの、ダメ、中、敏感になってるから、お願いっ」

「そのまま、もう一度イってるところを見せてくれるよな？」

「っっ……、う、そ、あ、あっ、あっ、こんなの……ッ」

――気持ちよくて、何も考えられない……！

吐き出した白濁を唯愛の中に塗りたくるように、太陽が最奥を穿つ。

快楽には終わりがなく、愛もまた膨らむばかりの夕暮れに。

ふたりは、動けなくなるまで互いを貪りあった。

尽きない愛を、貪りあっていた――

深夜、唯愛が眠りに就いたあと、太陽が一・五キロのカツカレーをぺろりと食べきったと聞くのは、翌朝の話である。

さらに、朝から彼は同じ量のカレーの三分の二を食べた。

残りは、唯愛の胃に収まっている。

「太陽といたら、絶対太る気がするんです」

「カロリー消費は、いつでもつきあうから心配するな」

「……ますます心配になってきました」

眉をひそめた唯愛に、彼は満面の笑みを向けてくる。

「俺は、唯愛が今の倍に膨らんでも気持ちが変わらない自信がある」

「そっ……そんな宣言、嬉しいけど嬉しくないです……」

「一生、大事にする」

「わたしも……」

「だから、俺と一緒においしく食べて、気持ちよくカロリー消費をしような」

――太陽の基礎代謝が恨めしいです！

ダイエットをしなければ、とは思っている。

思っているのだが、どうにもここ最近、体調が優れない。

八月が始まり、気温は連日三十五度を越えていた。

——うう、今日も甘いものばかり食べたくなる……！

食事はあまり食べたくない。

特に炭水化物がつらくて、白飯もパンも麺類も喉を通らなかった。

それなのに、果物やデザートといった、ほのかな酸味のあるスイーツばかりを求めてしまうのだ。

これでは確実に太る。

この一週間は、体重計に乗ることさえ逃げていた。

「唯愛、最近なんだか顔色がよくないみたいだけど」

病室で、洗濯物を片付けていると、父が心配そうに声をかけてきた。

「そうなの。夏バテかもしれない」

「だったら、今日は早く帰りなさい。星川さんも心配していたよ」

「え？　太陽が？」

仕事の忙しい彼は、唯愛と一緒に病院へ来ることは少ないけれど、合間をぬって父に会いに来てくれている。

——ほんとうに、よくできた夫すぎる！

父はといえば、手術を受けると決心してくれた。

一度は父相手にやきもちを焼くという、なんとも恥ずかしいことをしでかしてしまったけれど、当然唯愛だって父には元気になってほしい。

だから、手術を決めた父に拍手とエールを送った。

今は、投薬で腫瘍が小さくなるタイミングをはかっている。

もちろん、簡単な手術ではない。成功する確率は三〇パーセントに満たないと聞いていた。

——だけど、きっとお父さんなら大丈夫。太陽がアメリカから呼んでくれたすごいお医者さんなら、きっと……

荷物をまとめると、唯愛はトートバッグを肩にかけた。

「じゃあ、今日はもう帰るね。また明後日来るから」

「無理しないでいい。父さんは大丈夫だから、ちゃんと体を休めるようにな」

「わかった。ありがとう」

病室を出て、エレベーターへ向かう。

父の病状は落ち着いていて、あのあと転移はしていない。

新しく使い始めた薬が合っていると、医師は話してくれた。

ただし、進行は食い止めているものの、それまでだ。

手術に向けて、腫瘍がもっと小さくなってくれないと――

――いけない。わたしが暗い顔をしていたら、太陽が心配する。

ため息をついてエレベーターに乗り込んだ唯愛は、ふとスマホを取り出した。

暑さのせいだと思っていたけれど、先月の生理予定日から二十日が過ぎている。

勘違いかもしれないと、唯愛は何度も指を折って日数を確認した。

「え、嘘、ほんとに……？」

このまま、一階の外来受付に今から初診が可能か確認すべきだろうか。

いや、それは気が早い。先に検査薬で確認したほうがいい。

だとすれば、

――まずは、ドラッグストア！

病院を出ると、唯愛は居ても立っても居られずに、近くのドラッグストアを検索することにした。


「……唯愛！」

その夜、検査薬の結果を伝えると、太陽は感極まった様子で唯愛の体を抱きしめた。

けれど、その腕はいつもより力を制御してくれている。

「まだ検査薬だけなので、病院に行って確認するまでは喜んじゃダメみたいです」

「わかってる。だけど、気持ちが抑えられないんだ」

唯愛を抱きしめる彼の腕は、かすかに震えていた。

――太陽さんには、もう血のつながった家族はいない。

彼に、家族を作ってあげられる。

そう思うと、唯愛の胸も熱くなった。

「俺も一緒に病院に行っていいか？」

「え、産婦人科ですよ」

「あまり、行かないほうがいいものなのか？」

「……どうなんでしょう。わたしもそのあたりは詳しくないので、ネットで調べてみましょう」

「ああ。ありがとう、唯愛」

「もう、大袈裟ですってば……」

「ありがとう、愛してる」

穏やかな笑顔で、彼が言う。

「……っ、もう、泣かせないでください……」

「なんで泣くんだよ」

「だって、太陽さんが……」

――そんなに喜んでくれるから。

ぽろぽろと涙がこぼれて、まだ喜んでいいタイミングではないと自分で言っておきながら、唯愛は感情をこらえきれなくなってしまった。

「お、お父さんにも、会わせてあげたい」

「そうだな。でも、そのときはおじいちゃんだ」

「！　ほんとですね。お父さんが、おじいちゃんになるんですねっ」

「ああ。それで俺が、父親になるんだ。唯愛はお母さんだな」

「……また、泣かせる……」

「泣かせてない。大事にするよ。一生、唯愛を大事にする」

「もう大事にしてもらってますよ。でも、わたしも太陽のこと、もっと大事にしますね」

翌日、ふたりは男性の付き添い可の産婦人科に出向いた。

唯愛のお腹には、新しい命が宿っていた。

エコー写真を見た太陽が、無言のままひと筋の涙を流したことは、唯愛だけの秘密になった。

・……┃……・……┃……・

夏が過ぎて、秋が来る。

季節はいつだって、待っていてはくれない。

急ぎ足の秋は、急に冬の気配を連れてくる。

子どものころより、秋が短くなったように感じるのは気のせいだろうか。

「唯愛、寝室の掃除は終わったけど、ほかにやることはあるか？」

黒いエプロンをつけた太陽が、フローリングワイパーを手にリビングへ戻ってきた。

「休みの日なのに、ごめんね」

唯愛は、横になっていたソファから体を起こす。

「なんで謝るんだ。俺も使っているんだから、掃除するのは当たり前だろ」

「でも、太陽は平日だって仕事で忙しいのに」

彼との会話から敬語が抜けたのは、いつからだろう。

気づけば、自然とふたりの距離は縮んでいた。

ほんとうの夫婦になりたいと思っていた、結婚したばかりの時期を思い出すと、唯愛はほんの少しだけ気恥ずかしい気持ちになる。

あのころは、ただ焦っていた。

結婚という枠の中で、いかにして彼の妻らしくなれるか、必死に考えていた気がする。

「唯愛だって毎日がんばってる。お腹の子のために、体を休めるのも大事なことだ」

「……ほんとうに、いつも優しいんだね」

「優しいだけじゃないのは、唯愛がいちばん知っているだろ？」

フローリングワイパーをクローゼットに片付けて、太陽が唯愛の隣に腰を下ろした。

日焼けした肌と、力のある瞳。

茶色い髪をかき上げる太陽が、含みのあるまなざしでこちらをじっと見つめている。

「優しくないふりをしても、ダメ。太陽が優しいのは、とっくにバレてるんだから」

ふふ、と笑った唯愛に、彼が「へえ？」と目を眇めた。

大きな体も、眼光の強さも、野性味あふれる整った顔立ちも、結局彼の優しさを隠すことはできないのだ。

――ベッドでは、たしかにイジワルなときもあるけど……

それすらも、愛情でしかない。

今の唯愛は、それを知っている。

「それより、さつまいものケーキ、冷やしてあるよ。太陽も食べる？」

「いいのか？」

「うん、たくさん作ったから半分くらいは小分けにして冷凍するつもりなの。冷えてるほうが好きでしょ？」

最近、星川家ではさつまいもとヨーグルトのケーキが人気だ。

材料を混ぜてオーブンで焼くだけなので、太陽が夜のうちに作っておいてくれることもある。

「せっかくだからクリームチーズを添えて食べるか。それとも、バニラアイスがいいか……？」

立ち上がった彼は、冷蔵庫へ向かう。

そのうしろ姿が、嬉しそうで。

――初めて会ったときは、強盗だと勘違いしたのが嘘みたい。

「唯愛、ずいぶん作ったんだな。一緒に食べるか？」

「うーん、わたしは今はいいかな。明日の朝、食べるかも」

返事をしている途中で、玄関のドアが開く音がする。

――あ、帰ってきたかな？

ソファから立ち上がり、唯愛はリビングを出て玄関へ向かう。

「おかえりなさい。青空《たかひろ》、ぐずらなかった？」

「ああ、たーくんはいつもいい子だからねえ。今日は、ヒーローと握手してきたんだ」

「ったー」

一歳半になる息子の青空が、祖父に抱かれてご機嫌で帰宅したところである。

青空が生まれる二カ月前。

唯愛の父、耕一はアメリカから来日した堺医師の医療チームによる手術を受けた。

成功率の低い手術だったが、世界的に名を馳せる若き天才ドクターの手によって、無事腫瘍の大半を除去することができたのだ。

術後はしばらくつらい時期もあったけれど、父の病は完治した。

青空が生まれる前に、父は退院して実家に戻った。

一度はたたむことにしていた工務店も再開し、今では健康そのものだ。

ほんとうに、奇跡は起こった。

それを起こしてくれたのは、太陽だった。

「青空、おいものケーキあるよ。食べる？」

「おいも、たべう！」

「じゃあ、じいじとおててを洗ってきてね。お父さん、お願いしていい？」

「もちろん。たーくん、洗面所に行こうねえ」

さつまいものケーキは、青空のお気に入りなのだ。

一歳半になって、食べられるものも増えた。

むちむちのちぎりパンを思わせる手で、最近はフォークを握るようになってきた。

発語はゆっくりだが、お話をするのが好きな子だ。

「唯愛は、体調はどうだい」

洗面所で青空の手を洗っている父が声をかけてきた。

今、唯愛のお腹には青空の弟か妹が宿っている。

「うん、今日は一日ゆっくりさせてもらったから」

父と夫のおかげで、ふたり目の妊娠がわかって以降、唯愛は無理のない生活をしていた。

どちらも過保護な上、唯愛と青空をこよなく愛してくれている。

ほんとうに、自分は幸せものだと思う。

「じいじ、おいも」

「ああ、おいものケーキを食べるんだねえ」

「おいも、いっしょねー、たべうねー」

「じいじにもくれるのかい？」

「あいっ！」

洗った手を拭くよりも先に、青空が元気よく手を上げた。

水滴が鏡に飛び散る。

「青空、おてて拭いて。ほら、お水いっぱい飛んじゃったよ」

唯愛が声をかけると、抱き上げてくれていた父の腕からすり抜けて、青空が抱きついてくる。

「まーまー、おいもねー」

小さな手が、唯愛の右手の人差し指を握った。

ぬくもりが伝わってきて、愛しさに胸がぎゅうっと締めつけられる。

子どもの体温は、いつだって唯愛を癒やしてくれた。

リビングに戻ると、準備のいい太陽が青空用にさつまいものケーキを皿に盛りつけている。

「おかえり、青空」

「あいっ！」

空いている手を上げた息子に、太陽が軽くグータッチで応えた。

「じいじといっぱい遊んできたか？」

「わるいの、えいってしたの」

「お、ヒーローショーだな。パパも負けないぞ」

「まけないぞー」

ふたりが楽しげに笑うのを聞きながら、唯愛はキッチンでお茶の準備をする。

父が混ざって、ダイニングテーブルでは男三人が話し始めた。

主に父と太陽が、青空の話に相槌を打つ。

「おいも、あげうねー」

るの発音がまだ苦手な息子は、自分の大好きなさつまいものケーキをフォークに刺して祖父に差し出す。

「ありがとう。でも、たーくんが食べなくていいのかい？」

「いーよ！」

「たーくんは優しいねえ」

ティーポットとカップを運ぶと、青空が座るのと反対側で唯愛はお茶を淹れる。

「ぱぱも、あげう」

「ああ、いただきます」

父親と祖父にケーキを振る舞い、青空は満面の笑みを浮かべていた。

「ままにも、あげうねー」

「ありがとう。あとでもらうね。ママ、今、あちちの紅茶を淹れてるからね」

「あとでー」

「うん、あとでね」

ティーカップを太陽と父の前に置くと、青空がフォークを手に椅子から下りようとしていた。

「青空、どうしたの？」

「ままに」

「ママ、あとでねって言ったよ？」

「ままないの、ちなうの」

ティーポットをテーブルに置き、唯愛は息子と目線を合わせるようにしゃがみこんだ。

「どうしたの、たーくん」

「あかちゃんにも、あいっ」

フォークのケーキを、こちらに差し出してくるではないか。

「これ、赤ちゃんにくれるの？」

「あげう！」

「そっか、青空はお兄ちゃんになるんだものね」

「おにーちゃん、なう！」

優しさは、伝播《でんぱ》する。

愛情に包まれて育った青空は、ほんとうに優しい子だ。

「ありがとう、青空。じゃあ、赤ちゃんのぶんも、ママがいただきまーす」

「あいっ！」

どんな奇跡も、かなわない。

青空の笑顔を前に、唯愛はさつまいものケーキという名前の幸福を噛み締めた。

あの日、彼と出会ったから。

今、この幸せがある。

父も、青空も。

そして愛する太陽がいる、毎日。

この幸せは、これからもずっと続いていく――

あとがき

こんにちは、麻生ミカリです。ルネッタブックスでは五冊目となる『野獣な御曹司社長に食べられちゃう!? 小柄な若奥様は年上夫に今夜も甘く溶かされています』をお手にとっていただき、ありがとうございます。

身長差カプって、いつでもどこでもおいしいですよね。
今回は、一九〇センチ近い長身ヒーローを書かせていただきました。しかも、かなり筋肉質！
もともとわたしは、どちらかというと文系男子を好む傾向を自覚していました。しかし、この仕事を始めてからというもの、どんどんいかついヒーローへの愛が高まり、最近ではだいたいガタイのいい男性を愛好しています。とはいえ、細身男子も好きです。好きなものが増えるって幸せですね。

さて、本作はとにかく『野獣社長』を書くぞ、と意気込んで始まった物語だったのですが……

ん？　思ったより、太陽って野獣じゃない？　むしろ紳士？

つまり、見た目は野獣、中身は紳士でオールオッケー！

彼の野獣ポイントは、だいたい食欲に極振りされているようです。一・五キロのカレーはないわ。食べ過ぎよ。太陽の基礎代謝に、唯愛も作者も羨望のまなざしでした。


このたび、初めてお仕事をご一緒させていただきました、藤浪まり先生。

やわらかく繊細でいて、雰囲気のあるイラストに以前から憧れていたので、こうして太陽と唯愛を描いていただき感無量です。

カバーイラストのふたりの幸せそうな姿に心惹かれて、本作を手にとってくださった方も多いのではないでしょうか。本文を読むときは、ぜひぜひ何度もカバーイラストを見直してください。作者の想像を遥かに超えるかっこいい太陽とかわいい唯愛をご覧いただけます！


最後になりましたが、この本を読んでくださったあなたに最大級の感謝を込めて。

読書の秋、あなたのラインナップに拙著を加えていただき、ありがとうございます。

またどこかでお会いできる日を願って。それでは。

新涼の日曜日、空腹の昼前に　麻生ミカリ

ルネッタ🄻ブックス

野獣な御曹司社長に食べられちゃう⁉

小柄な若奥様は年上夫に今夜も甘く溶かされています

2023年10月25日　第１刷発行　定価はカバーに表示してあります

著　者　麻生ミカリ　©MIKARI ASOU 2023
発行人　鈴木幸辰
発行所　株式会社ハーパーコリンズ・ジャパン
東京都千代田区大手町 1-5-1
03-6269-2883（営業部）
0570-008091　（読者サービス係）

印刷・製本　中央精版印刷株式会社

Printed in Japan ©K.K.HarperCollins Japan 2023
ISBN978-4-596-52714-1